JN400280

영원히 자랄거 같지 않은
어린 '나'를 불러내어
위로하는 시간이 되었으면
좋겠습니다.

신상문구점

신상문구점

김선영 장편소설

차례

초록 지붕 신상문구점

나의 아지트가 사라졌다. 신상문구점 주인이자 나의 친구인 단월 할매가 돌아가셨기 때문이다. 지난겨울과 봄 사이, 얼어붙은 강가에서 쩡쩡 얼음 터지는 소리가 날 즈음, 할매는 잠자듯 고요히 돌아가셨다.

소식을 듣고 달려온 남편 황 영감이 그렇게 애통하게 울 줄은 몰랐다고 동네 사람들은 입을 모아 말했다. 평소에 무뚝뚝하고 괴팍스러운 양반이 눈물을 뚝뚝 흘리며 우는 건, 더 지켜보기 힘든 일이라고 했다. 그는 보는 사람들까지 눈가를 찍으며 코를 훌쩍이게 만들었다.

나는 할매의 죽음이 믿기지 않아서 눈물이 나오지 않았

다. 아니 죽음이 무엇인지 실감 나지 않았다. 눈앞에서 사라진다는 것은 어떤 것인가. 아빠가 사라졌다는 것을 아직 실감하지 못하듯, 죽음이라는 것은 대상이 사라지긴 했지만 '무'가 아니라는 것, '무'가 아닌 것은 분명한데 그것을 극복할 수 있는 길이 없다는 것, 아무리 기다려도 돌아오지 않는다는 것, 남은 사람의 가슴속에 커다란 구멍이 생긴다는 것. 그렇듯 언젠가는 단월 할매도 내 가슴속에 또 다른 구멍이 될 것이라는 것을, 어렴풋하게 짐작할 뿐이다.

장례 기간 내내 봄눈이 하염없이 퍼부었다. 쏟아지는 눈밭에 나가 숨을 크게 쉬면, 먼지내 섞인 눈의 입자가 폐 속으로 들어온 것처럼 숨이 막힐 지경이었다. 하늘과 땅 사이는 눈의 입자로 가득 차서 나도 사라지고 세상 모든 것이 눈발 속에 묻히는 것 같았다. 허공을 빼곡하게 메운 눈발이 저 멀리 흰뫼도, 신상문구점의 초록 지붕도 지워 버렸다. 장례식장 뒤편에서 어깨를 들먹이며 우는 황 영감의 뒷모습이 눈발 사이로 희뿌옇게 보였다. 도무지 현실감이 나지 않는 장면이었다.

장례가 끝난 뒤 황 영감은 문구점도 닫아걸고 대문도 걸어 잠근 채, 밖으로 나오지 않았다.

우리 할머니가 황 영감의 생사를 확인하기 위해 대문을 두들기면, 황 영감은 반송장이 된 얼굴을 마지못해 내밀었다. 다른 사람이 가면 문도 열어 주지 않는데 우리 할머니의 목소리에는 못 이기는 척, 얼굴이라도 보여 주었다. 두 사람은 동네에서 손꼽는 칼칼한 성질머리인데, 할머니 말에 의하면 말의 속도가 맞는 사람이라고 했다. 나는 몇 차례 죽이 든 그릇을 들고 할머니 뒤를 따라야 했다.

"이거라도 들어유. 산 목심 끊는 건 아니쥬? 단월이 뒤따라 갈규? 쯧쯧쯧, 이 모습을 보면 단월이가 퍽이나 좋아하겄슈."

우리 할머니 이목단 여사는 황 영감의 염장을 지르는 건지, 목숨을 끊으라고 부채질하는 건지 모를 소리를 하며 죽그릇을 건넸다. 그래도 이 동네에서 감히 황 영감에게 말이라도 붙일 사람은 우리 할머니밖에 없다. 성질머리가 괴팍스러운 사람끼리는 통하는 게 있는 모양이라고 짐작만 할 뿐이다.

"구찮어 죽겄슈, 죽든 살든 이젠 모르니께, 와서 먹든 말든 해유. 다음번엔 쌀 알갱이 하나 안 갖다 줄규."

할머니는 황 영감에게 대차게 쏘아붙인 후 뒤돌아섰다.

개학을 하루 앞두고 문구점 문이 열렸다.

내가 글자를 읽을 줄 알고 제법 숫자에 밝다는 소리를 들을 때부터 중2가 된 지금까지, 문구점은 나의 돌봄교실이자 방과

후 놀이터이자 알바 자리였다. 이목단 여사가 집을 비울 때마다 나를 단월 할매한테 맡기곤 했는데 나는 문구점의 물건을 팔기도, 라면을 끓여 먹기도, 밤하늘의 별처럼 헤아릴 수 없을 만큼의 가짓수로 유혹하는 불량식품을 까먹으며 지내기도 했다. 단월 할매는 내가 먹은 건 그날의 일당이기 때문에 당당히 먹어도 된다고 정식으로 말했다. 그 말을 들은 뒤, 나는 언제든 마음만 먹으면 문구점 안에 있는 수백 가지의 주전부리를 먹을 수 있다는 생각이 들자 그다지 먹고 싶은 마음이 들지 않았다. 할머니들이 툭하면 하는 말, 안 먹어도 배가 부르다는 말이 어떤 것인지 실감 났다.

초록 지붕 신상문구점은 말이 문구점이지 만물상과 다를 바 없다. 그야말로 없는 게 없다. 단월 할매는 동네 사람들이 "뭐는 없슈?" 하고 지나가듯 말해도 그 '뭐'에 해당하는 것을 어떻게든 구해다 놓았다. 그리고 이 동네의 특산물과 이웃 마을의 할머니들이 만든 수공예품까지 도맡아서 팔았다. 가짓수를 헤아리는 것은 시간 낭비다. 그냥 만물이라고 하면 된다.

문구점의 만물에 가격표를 붙이는 건 순전히 내 몫이었다. 단월 할매는 숫자에 관한 건 나에게 일임하다시피 했다. 일일 마감도 월말 마감도 연말 마감까지도. 문구점을 꾸리는 일이라면 단월 할매와 나는 손발이 척척 맞았다.

단월 할매는 아이들을 좋아했다. 아이들도 단월 할매를 좋아했다. 동네 사람들도 단월 할매를 좋아했다. 누구보다 단월 할매를 좋아한 사람이 황 영감이라는 사실을 나도 동네 사람들도 단월 할매가 돌아가신 다음에야 알게 되었다.

개학이 다가오자 황 영감은 문구점 주변을 청소했다. 어제까지만 해도 당장 죽을 것처럼 누워 있더니 목청이 살아나고 찰진 욕이 길바닥으로 쏟아져 나왔다.

아이들은 황 영감 눈에 띄지 않으려고 슬금슬금 후문 쪽으로 돌아서 학교로 향했고 하교 때에도 평소와 다르게 문구점 매대 같은 데는 눈길 한번 주지 않은 채 집으로 향했다. 나는 아지트를 잃은 설움과 나의 소울메이트인 단월 할매를 잃은 허전함 때문에 문구점으로 자꾸 눈길이 갔지만 황 영감에게 잘못 걸렸다간 사달이 날 것이 분명하므로, 되도록 눈에 띄지 않기를 바랐다. 문구점 앞을 지날 때마다 가슴이 몹시 쫄밋거렸다.

세상 괴팍한 사람을 감당해야 하는 건 우리 할머니, 이목단 여사 하나만으로도 벅차다. 내가 전생에 무슨 죄를 졌길래 이리 혹독하게 살아야 하는지 모르겠다. 내가 좋아하는 사람들은 이상하게도 일찍 죽거나 내 곁을 멀리 떠났다. 다정했던 단월 할매도, 나의 첫사랑이자 지금도 진행형인 편조도, 나의 아빠 엄마도 곁을 떠난 사람이거나 죽은 사람이다. 운명이라는 것이 결코 노글노글하게 봐주지 않는다는 것을 일찌감치 맛보라고 누군가 일부러 판을 짜 놓은 것 같았다.

"어떤 노무 새끼가 쓰레기를 함부로 버리는 겨. 손모가지를 확 비틀어 버릴라. 과자를 까 처먹었으믄 쓰레기통에 넣어야지."

녹슨 쇠가 잔뜩 낀 것 같은 황 영감의 탁한 목소리를 들으며 나는 진저리 쳤다. 신세 한탄을 할 때마다 나오는 우리 할머니의 욕지거리와 톤이 비슷했다.

이제 신상문구점에는 내 자리가 없다. 단월 할매가 몹시 그리웠다. 가슴속에 쑥 파이는 것 같은 통증이 일었다. 도저히 복구될 수 없는 존재가 되는 것. 그것이 죽음이라는 것인가.

나는 문구점 쪽으로는 눈길 한번 주지 않고 집으로 향했다. 그래야 단월 할매와의 시간이 덜 그리울 것 같았다.

"야."

투박한 황 영감의 목소리가 내 뒤통수로 날아와 꽂히는 것 같았다. 나는 그 자리에 얼어붙었다.

"네? 저, 저요?"

고개에 저절로 힘이 들어갔다.

"그려, 너 말고 거기 누가 또 있는 겨?"

나는 입이 벌어진 채 황 영감을 바라보았다. 잘못한 것도 없는데 심장이 두방망이질 쳤다.

"잠깐 일루 와 봐."

심장은 더 가쁘게 뛰었다.

"왜, 왜요?"

"스읏, 어른이 오라는데 왜요가 뭐여? 버르장머리 없이."

나는 쭈뼛거리며 걸었다.

"니가 동하 아녀?"

"네? 네."

"죽은 할멈이 문구점에 관한 것은 죄다 너한테 물어보라고 했는데. 이유가 뭐여?"

"저, 저한테요?"

"뭘 자꾸 되묻고 그랴. 한 번 말하믄 알아들어야지."

"글쎄요, 저도 잘……."

"왜 몰러. 그람 누가 아는 겨?"

"아, 할머니가 아시겠죠."

나도 모르게 말대꾸하듯 짜증 섞인 소리가 튀어나왔다. 이런 식으로 우리 할머니한테 말했다간 버르장머리 없다고 한바탕 잔소리 들을 게 뻔하다.

"허참, 이눔 보게."

황 영감의 목소리가 좀 수긋해진 것 같았다.

"근데 할머니가 그러셨어요? 저한테 물어보라고요?"

"아녀. 공책에 써 있어."

"유서 같은 거를 써 놓으신 거예요?"

"유서라기보담은 여기저기 써 놓은 거 붙여서 읽어 보니 그려."

단월 할매는 평소에도 노래하듯 말했다. 잠자듯 갔으면 한다고. 살만큼 살았고 내 할 일은 다 한 것 같으니, 어느 날 심장이 멎는다면 그게 젤루 고마운 일이라고 했다. 그렇다면 유서 같은 걸 써 놨을지도 모르겠지만, 또 어느 날은 죽은 뒤에 무슨 말이 필요하냐며 유서 같은 건 필요 없다고도 한 것 같았다.

황 영감은 문구점 안으로 들어가더니 나에게 들어오라고 손짓했다. 설마 물귀신처럼 나를 물고 늘어질 속셈은 아니겠지? 나는 내키지 않는 걸음걸이로 낮은 조도의 전등 아래에 있는 황 영감에게로 향했다.

"이거."

황 영감이 하얀 미농지로 싼 뭉치를 내밀었다. 내 팔뚝만 했다. 미농지가 구겨지며 바스락거렸다.

"이게 뭔데요?"

"아, 받어. 팔 아퍼. 하여간 너도 고분고분한 데는 없어서 느 할머니가 꽤 애먹었겄어."

치, 여기서 우리 할머니 얘기가 왜 나오는지 모르겠다.

"느 할머니 갖다 드려."

황 영감이 빈 죽그릇 위에 미농지로 싼 뭉치를 올려놓으며 말했다. 묵직했다.

돌아서 나오려는데 황 영감의 혼잣말이 내 발을 붙잡았다.

"분명 채워 놨는디. 워트기 된 겨어, 당최 모르겄네."

황 영감은 진열대 빈 곳 중 한 군데를 바라보며 말했다.

있던 물건이 없어지면 계산대 위에 현금을 찾아보거나 장부를 보면 된다. 동네 사람들은 돈을 놓고 물건을 가져가거나, 돈이 없거나 가격을 모르면 장부에 적어 놓고 간다. 거의 무인가게 수준으로 잘 돌아가게 되어 있는 문구점이다. 그간 문구점에 코빼기도 안 보이던 황 영감이 신상문구점의 시스템을 알 리가 없다.

단월 할매와 문구점을 볼 때면 할머니는 이런저런 얘기를 해 주곤 했다.

황 영감은 사뭇 밖으로만 돌던 사람이라고 했다. 영감은 바람이나 똑같다고. 한시도 한 곳에 머무는 법이 없었다고. 그렇지만 아비로서 책임은 다했다고 했다. 애들 뒷바라지에 필요한 것을 소홀히 한 적이 없다고 했다.

"할머니한테 소홀한 건요?"

늘 혼자였던 할머니가 떠올라서 물으면 말없이 웃기만 했다.

"제비가 올 때쯤에는 영감도 돌아왔어. 약속은 틀림없이 지키는 사람이었으니."

"그럼 제비였어요?"

"예끼, 제비가 뭔 줄이나 알고 물어?"

단월 할매를 생각하자 코끝이 매웠다.

나는 마음을 가라앉힌 뒤 찬찬하게 말했다.

"물건이 없어진 게 아니라 필요한 사람이 가져갔을 거예요."

"누가? 말도 없이 가져가? 이 할망구가 이제껏 장사를 남 퍼주기만 한 거여?"

황 영감은 성질을 내며 목소리를 높였다.

"무신 눔의 장사를 그따구로 한 겨 그래. 이 할망구는 대체."

단월 할매한테 욕을 하는 게 듣기 싫었다. 단월 할매와 내가 만든 문구점의 탄탄한 운영 구조를 송두리째 부정당하는 느낌이 들었다. 문턱 밖으로 내딛은 한쪽 발을 돌려 다시 안으로 향했다.

장부를 펼쳐 보았다. 할머니가 돌아가신 후 장부의 기록은 멈췄다. 황 영감이 문구점 문을 연 지 여러 날이 지났는데도 외상으로 물건을 가져가는 사람이 없다는 뜻이다. 아마도 황 영감의 괴팍스러운 성질 탓이 클 것이다.

"저 자리에 뭐가 있었는데요?"

내가 비어 있는 진열대를 가리키며 물었다.

"그걸 워트기 알어, 놓을 때는 기억한다 작심해도 뒤돌아서면 까먹는 거를."

"그럼 어떤 물건이 없어진 건지도 모른단 말씀이세요?"

그간 내가 받은 황 영감의 퉁명스러움을 되돌려주고 싶은 심정으로 물었다. 그것도 모르냐는 식으로 몰아붙였다.

"……."

황 영감은 떡하니 서서 빈 진열대를 뚫어져라 바라보며 무엇을 놓았는지 떠올리려고 애쓰는 것 같았다.

"할머니는 다 알았는데……."

"아이 몰러. 아무리 생각해도 기억 안 나."

나는 장부가 있던 탁자 주변을 살폈다. 간혹 반듯하게 접힌 종이돈이 떨어져 있을 때도 있기 때문이다.

"가져가라고 갖다 놓은 게 아녀. 아니란 말여."

황 영감은 종잇장 구기듯 인상을 쓰며 가져간 사람을 타박하며 말했다.

"무슨 말씀이세요? 물건도 안 팔 거면서 문구점은 왜 여신 거예요?"

나는 조금이라도 기선 제압하고 싶은 심산으로 다그쳐 물었다.

"저 눔의 이름 때문에 그려."

"이름요?"

눈앞이 어찔했다.

"신상!"

황 영감의 신상, 이라는 말이 내 이마를 세게 때리는 것 같았다. 간판의 '신상'이 뭐 어때서? 헤아려 보려고 해도 집히는 게 없었다.

황 영감이 제정신인가 싶었다. 그 순간 만 원짜리 한 장이 탁자와 박스 사이에 끼어 있는 게 보였다.

"아, 여기 있네요. 만 원짜리였어요?"

"몰러. 내 알 바 아녀."

돈도 마다하고 도대체 무슨 일인가 싶었다.

"누가 가져갔을 거 같냐?"

황 영감은 당장이라도 쫓아가 물건을 찾아올 것처럼 소매를 걷어붙이며 물었다.

"저야 모르죠."

"그 물건 찾아서 갖다 놔야 혀."

"무슨 말씀이세요?"

"빈 선반을 채워야 혀. 한 군데라도 비면 안 뎌. 간신히 이제사 한 군데 채웠는디, 누가 말도 없이 가져간 거여, 대관절."

무슨 말도 안 되는 소리를 하는지 모르겠다. 갑작스럽게 가까운 사람을 떠나보내면 정신이 나갈 수도 있다더니. 장례식장 뒷마당에서 서럽게 울던 황 영감의 뒷모습이 떠올랐다.

나는 더 이상 말이 통하지 않을 것 같아서 돌아섰다. 우리 할머니 이목단 여사 말처럼 시간이 필요할지도 모르겠다.

"안 뎌, 가지 마. 뭔 말을 듣다 말고 가는 겨?"

"이거 우리 할머니 갖다 주라면서요."

나는 빈 죽그릇과 미농지로 싼 뭉치를 내밀며 말했다. 빨리 벗어나는 게 상책이다 싶었다.

"아무튼 만 원짜리 물건이 없어진 거고 물건 값은 받은 거니 손해 본 건 없는 거예요."

내가 오지랖 넓게 정리해 주듯 말했다.

"그게 아니라니까아."

황 영감은 또다시 빽 하고 소리쳤다. 그 바람에 하마터면 죽그릇을 놓칠 뻔했다.

"아이고 복장 터져 죽겄네."

"그게 아니면 뭔데요?"

묻는 말에는 대답도 않고 황 영감은 오만상을 썼다. 황 영감의 얼굴에 구릿빛 주름이 물결쳤다.

"아휴, 누가 내 맘을 알 거여. 으메 환장하긋네."

밑도 끝도 없이 짜증만 내는 황 영감 얼굴이 보기 싫었다. 헤아려 보려고 마음을 먹는 것도 싫었다.

그런데 궁금한 건 참을 수 없다. 궁금한 게 있으면 맛있는 음식을 마지막 한 젓가락 남겨 놓고 못 먹는 것처럼 감질나게 하는 게 있다. 단월 할매가 그랬다. 궁금한 게 있으면 세상살이에 재미가 있는 법이라고.

"근데요, 신상문구점 이름이 왜요?"

"값!"

황 영감의 입에서 돌멩이 같은, 값이라는 한 글자가 내 앞에 툭 떨어진 느낌이었다.

"네?"

"이름값!"

"그게 뭐예요?"

"이름값 하라잖어."

"……."

문구점 이름에 걸맞게 꾸리라는 얘기인가?

"누가요?"

"그 이상은 말 못 햐!"

황 영감은 뚝배기 깨지는 소리를 뱉고는 입을 다물었다.

"……."

하여간, 친절하면 하늘에서 벼락이라도 떨어지나.

'내 알 바 아니다.'

나는 더 이상 묻지 않고 매정하게 돌아섰다.

집으로 향했다. 학교 정문을 마주 보고 있는 문구점과 학교는 지대가 높은 언덕진 곳에 있다. 문구점 옆, 그러니까 학교 정문 아래쪽은 가파른 내리막길로 되어 있어서 강가에 있는 그집식당까지는 한달음에 뛰어 내려갈 수 있다. 학교로부터 안쪽 깊숙이 자리 잡은 동네는 그집식당과는 거리가 꽤 된다. 어쨌든 흰뫼 아래 자리 잡은 우리동네를 가려면 학교와 문구점 사이에 난 외길을 한참 동안 걸어 올라가야 가능하다. 야트막한 산모퉁이를 몇 번 돌아야 동네 어귀가 보인다. 우리 동네는 흰뫼 아래 옹기종기 모여 있고, 학교와 문구점은 세 마을에서 올 수 있도록 중간 지점에 있기 때문에 동네와도 꽤 떨어져 있다.

나는 걸어 올라가는 동안 한 번도 문구점을 돌아보지 않았다. 멀어져 가는 초록 지붕을 몇 번이나 돌아보는 것이 그동안 버릇이었는데. 아슴하게 멀어지는 초록 지붕과 학교 지붕, 강가의 나무들 우듬지가 하늘을 배경으로 펼쳐진 모습이 마치 옛날 일처럼 멀게 느껴졌다.

삼백 살이 넘은 둥구나무를 지나 강돌로 쌓은 돌담길을 걸어올라, 이제 막 흰 매화꽃이 터지는 우리 집 마당에 들어섰다. 할머니는 마당에 돌멩이 하나, 잡풀 하나라도 두고 보는 성질이 아니다. 마당은 언제나 하얗게 분칠한 듯 빗질 자국이 남도록 쓸어 놓는다. 동네 사람들이 흙 마당도 안방처럼 윤나게 닦아 놓을 양반이라고 했다. 아무래도 성격이 까탈스러워서 그런 것 같다.

"옥에 티 같은 것도 용납 안 허는 성님 성격에, 젊디 젊은 아들을 앞세워 보내고 젊고 젊은 며느리는 놔줘야 할 것 같아 떠나보낸 현실이 얼마나 기가 맥히겄냐. 동하 너라도 순하게 잘 커야 한다."

내가 할머니 잔소리를 피해 문구점으로 갈 때면 단월 할매가 당부하듯 해 준 말이다. 그래서 나는 할머니의 괴팍스러움을 견딜 때마다 왠지 내가 할머니에게 진 빚을 조금씩 갚는 느낌이 들었다.

뒤뚱거리며 걷기 시작할 무렵부터 나는 할머니 손에서 자랐다.

할머니에게 황 영감이 준 것을 내밀었다. 할머니는 빈 죽그릇을 받아 들고 안팎으로 돌려 보며 말했다.

"영감탱이, 설거지는 할 줄 아는 가배. 이건 뭐라냐?"

"몰라. 할머니 드리래."

할머니가 흰 미농지를 풀자, 곶감 꾸러미가 나왔다. 손끝에서 물컹한 게 느껴지긴 했지만 전혀 예상하지 못한 것이다.

슈거 파우더 같은 하얀 분이 묻어 있고 적당히 마른 꾸덕한

표면에는 주홍빛 속살이 말갛게 내비쳤다. 절로 침이 넘어갔다. 한입 베어 물면 마른 감의 쫄깃함과 몰캉한 속살의 달콤함이 입안 가득 들어찰 것 같았다.

"이 영감이 곶감 장인이라더니."

할머니는 곶감을 보자 곶감에 핀 흰 분보다 환하게 웃으며 감탄하듯 말했다.

"이게 나랏님한테 진상하던 곶감인 게 비네."

"나랏님? 그럼 대통령? 진짜야?"

할머니는 꾸러미에서 곶감을 꺼내 내게 먼저 내밀었다. 곶감에서 마른 냄새가 달큰하게 풍겼다. 덜 마르지도 그렇다고 더 마르지도 않은 게 꾸덕하니 입에 착 감겼다. 곶감의 속살이 입안 가득 진득하게 들어찼다. 이내 목젖을 감싸며 녹진하게 넘어갔다. 할머니도 곶감을 먹으며 연신 고개를 끄덕였다.

"그 영감 성질대로 만들었구먼."

나는 입안의 단맛이 사라지기 전에 곶감을 한 개 더 입에 넣었다. 황 영감은 어쩌다 곶감을 만들게 되었고 장인 소리까지 듣게 되었을까. 성질대로 곶감을 만들었다니. 괴팍한 성질이라고 해서 대놓고 욕만 할 게 아니라는 생각이 들었다. 거기다 대통령에게 진상하던 솜씨라니. 황 영감이 궁금해졌다.

학교 가는 길, 신상문구점 앞에서 큰소리가 났다. 황 영감과 진이 아주머니가 꽃 장화 한 짝을 마주 잡고 실랑이를 벌였다.

"아이구 왜유, 갖다 놓았씨믄 팔어야 하는 게 맞는 거쥬, 뭔 말이대유?"

"아뉴, 그건 팔 게 아뉴."

"아이, 당최 모르는 소리만 허시네유. 팔 게 아니믄 그람 뭐래유? 모아 놨다 국 끓여 잡숫는 거래유?"

"아이, 그건 말 못해유. 좌우당간 안 파는 거니께 이짝 것도 벗어 줘유."

황 영감이 진이 아줌마 한쪽 발을 가리키며 말했다. 검정 바탕에 알록달록 꽃무늬가 있는 장화에는 붉은 진흙이 덕지덕지 묻어 있다.

황 영감은 만 원짜리를 내밀며 말했다.

"돈은 여깄슈."

"안 뎌유. 이미 신은 걸 워트기 반납해유. 나, 그런 경우 없는 사람 아녀유."

"참내, 내 말은 그 말이 아니라니께."

"영감님이 한참 가게를 안 열길래, 우리 큰애한티 쿠팡인지 뭔지 거시기에 시켜 달라고 하려다가 혹시나 문구점을 열었을라나 해서 디다 보다, 지나가는 말로 장화를 물어본건디, 맞춤 맞은 거로 갖다 놔서 을매나 반가웠는디 시방 이러신데유?"

신상문구점의 최대 적은 쿠팡과 아마존이 아니라 황 영감이었다. 물건을 안 팔겠다니. 황 영감은 쿠팡이라는 말에 잠깐 긴장하는 것 같더니 여전히 장화를 잡은 손에서 힘을 빼지 않았다.

"내 알 바 아녀유. 쿠팡서 사건 쿠핑서 사건 난 그런 거 모르니께 한 짝마저 벗어 줘유."

"영감님, 정 이 장화가 필요하믄 한 켤레 더 갖다 놓으믄 되는 거쥬. 신은 걸 벗길 게 아니라유. 아이 안 그래유?"

진이 아줌마를 외면했던 황 영감의 고개가 다시 돌아왔다.

"그라믄 누가 또 사 가기나 한대유? 매칼없이 필요도 없는 걸 왜 갖다 논대유? 돈이 썩어나가는 것도 아니구."

"그건 지금도 마찬가지쥬. 방금 말씀하신 대로 팔라고 갖다 놓으신 거잖어유? 이번 거는 저 주셔유. 저기 용이네도 새 장화 필요하다고 했어유."

그 순간 황 영감의 눈빛이 반짝하고 빛났다. 알 수가 없다. 황 영감의 말과 행동은 앞뒤가 맞지 않았다. 확실히 이상해진 것 같았다.

진이 아줌마가 달래는 투로 말하자 그제야 황 영감은 손에서 힘을 뺐다. 결국 장화 한 짝은 진이 아줌마에게로 넘어갔다. 진이 아줌마는 얼른 발 한쪽을 장화 속으로 넣은 뒤 도장 찍듯 발을 탁탁 굴렀다.

황 영감은 풀이 죽은 얼굴로 문구점 유리문을 소리 나게 닫으며 들어갔다.

“참 이상한 영감님이네. 며칠 전에 내가 지나가는 말로 장화는 없슈? 하고 물었을 때랑은 딴판이시네. 내 발 크기에 딱 맞는 걸 갖다 놔서 좋아라 가져갔구만. 거기다 요즘 유행하는 신상으루다, 을매나 좋았는디. 왜 그라시는지 대관절 모르겄네. 그라고 우덜이 뭐 영감님 생각해서 부득불 여기서 물건을 사는 줄 알어유? 다 우리 단월 성님 생각해서 그런 건디. 에구, 성님은 어트기 간다 만다 말 한마디 없이 가!”

진이 아줌마는 끝내 코를 훌쩍이며 하늘을 올려다보았다. 나도 울컥하고 가슴 가득 물기 같은 게 차올랐다.

그 후 동네에는 황 영감이 이상해졌다고, 치매 전조 증상이 아니냐는 말이 돌았다.

삶은 그렇게 호락호락하지 않다

절묘한 타이밍이다. 편조가 전학 가자 또 한 명의 전학생이 왔다. 마치 빠진 이를 메우듯 또 한 개의 새 이빨이 꽉 들어찬 느낌이다. 폐교 조건에 부합하려면 학생 수가 줄어야 하는데 이상하게 숫자가 아래로 떨어진 적이 없다.

나는 편조 따라 전학 가고 싶은 마음이 굴뚝같았다. 할머니한테 편조네 동네로 이사 가자고 며칠 동안 졸랐다. 그러던 어느 날, 할머니가 베고 있던 목침을 던지는 바람에 하마터면 이마가 깨질 뻔했다. 목침이 날아가며 가르는 바람이 내 속눈썹을 스치는 게 그대로 느껴졌다. 나는 그 순간 숨도 뱉지 못하고 할머니를 바라보았다. 할머니도 놀란 듯 화들짝 몸을 일으

켰다.

"왜, 너까지 이 할미 부에를 지르는 겨?"

나는 할머니가 무슨 말을 하는지 몰라서 멀뚱히 쳐다보았다. 너까지라니?

"그게 무슨 말이야? 누가 또 할머니 부아를 건드리는데?"

"……."

할머니는 끙, 소리를 내며 다시 등을 보이고 누웠다.

황 영감에 이어 우리 할머니까지 이상해진 것 같았다. 할머니는 내가 뭘 잘못해도 대차게 욕을 하거나 잔소리를 하면 했지 손끝 하나 대지 않았다.

편조가 전학 갈 때 학교 전체가 술렁댔다. 전교생 다 합쳐서 열 명 남짓인데, 열 명 이하가 되면 자연스럽게 폐교될 수 있는 조건이 된다. 몇 해 전부터 마을 분위기는 폐교 찬성과 폐교 반대로 첨예하게 나뉘었다. 나는 당연히 폐교 찬성 쪽이었다. 그래야 자연스럽게 편조와 한 발짝이라도 가까운 학교로 전학 갈 수 있기 때문이다. 여기 흰돌중학교가 폐교되면 재학생들은 도시의 큰 학교로 편입하게 되어 있다. 그러면 산으로 빙 둘러싸인 갑갑한 산골에서 탈출할 수 있고, 무엇보다 편조와 한 발짝이라도 가까워지기 때문에 심장이 쿵닥대고 세포가 깨어나는 느낌이 들었다. 그런데 전학생 때문에 글렀다.

편조는 언제나 제 가족들이 있는 도시로 가기를 원했다. 십여 년 만에 그 소원이 이루어진 셈이다. 편조 말에 의하면 자기의 운명은 동생이 태어나면서 달라졌다고 했다. 편조는 맞벌이 하는 부모님 때문에 어렸을 때부터 이곳 할머니 손에 맡겨지게 되었고 자연스럽게 나와 함께 흰돌초, 중학교를 다니게 되었다.

나는 편조를 볼 때마다 공중에 하얗게 흩날리는 버드나무 씨앗이나 억새 씨앗 같은 느낌이 들었다. 언젠가는 공중에 날리는 홑씨처럼 손 닿지 못할 곳으로 떠날 거라는 생각이 들었기 때문이다. 그래서 편조에게 더욱 애틋한 마음이 들었는지도 모르겠다. 편조는 언제든 줄이 풀린 풍선처럼 날아갈 것 같은데, 그에 비해 나는 동네 입구에서 삼백 년째 꼼짝 않는 둥구나무처럼 도무지 떠날 수 없는 처지인 것 같았다. 천재지변이 일어나서 뿌리가 뽑힌다거나 벼락을 맞아 불타지 않는 이상, 내내 붙박이로 살아야 할 신세 같았다. 나는 다시 태어나면 죽어도 나무 같은 건 되지 않을 작정이다. 차라리 바람이 될 것이다.

편조가 백석리에 오게 된 것은 동생 편무 때문이다. 네 살 터울인 편무가 태어나면서 불행은 시작되었다. 편조 엄마는 두 아이를 키우며 맞벌이를 하는 것은 진기명기에 속한다고 생각하기 때문에 이제 막 뛰기 시작한 편조를 할머니 댁에 맡기게 된 것이다. 주말이 되면 편조를 보러 온 세월이 십 년도 넘었다. 편조는 제 엄마 아빠가 다녀갔다 돌아가는 주말 저녁이면 온 동네가 떠나가라 울어 젖혔다. 나는 편조의 울음소리를 들으며 아, 일요일 저녁이구나, 주말이 다 갔구나 생각하며 허우룩해지는 속을 달래야 했다.

편조 엄마가 편무를 품에 안고 차를 타고 떠나면 편조는 차가 보이지 않을 때까지 맨발로 뛰기 시작했다. 발톱이 깨지고 발바닥이 찢어져서 피가 흘러도 아랑곳하지 않았다. 그러면 나는 편조의 신발을 들고 따라 뛰었다. 어떤 때는 편조보다 더 빨리 뛰어서 사정을 모르는 사람이 보면 모퉁이를 돌아 떠나는 차가 내 엄마 아빠인 줄 알 것 같았다. 편조 엄마 아빠는 한 번쯤은 차를 세울 만도 한데 그 일이 있고 난 후, 차를 세운 적이 없다. 편조 손에 들린 돌멩이 때문이었다. 편조가 던진 돌멩이에 차 유리가 박살 난 후로는 절대 차를 세우지 않았다.

그런 날 밤이면 편조는 제 할머니의 가슴팍을 밀치며 우리 집으로 뛰어오곤 했다.

“할머니도 싫어, 죽어 버려. 죽어 버렸음 좋겠어.”

편조는 저한테 하는 말인지 제 할머니한테 하는 말인지 모를 소리를 앙칼지게 쏟아부었다. 우리 할머니 앞에서 편조처럼 말했다가는 뼈도 못 추릴 것이다.

“어디서 그런 본디 없는 말을 해! 버르장머리 없이.”

우리 할머니 이목단 여사는 대찬 목소리로 말하며 찰진 욕도 한바탕 퍼부울 것이다.

우리 할머니와는 다르게 편조 할머니는 가슴을 쥐어짜며 울면 울었지, 편조에게 말 한마디 하지 않았다. 편조 같은 애는 우리 할머니 같은 사람에게 걸려 봐야 세상 무서운 줄 알텐데. 편조 할머니를 볼 때마다 어찌나 부럽던지, 우리 할머니랑 바꿨으면 좋겠다고 생각한 적도 있다.

어느 날은 편조 할머니와 우리 할머니가 바뀐 꿈을 꾼 적이 있다. 편조 할머니가 우리 집으로 들어오고 우리 할머니가 편조 손을 잡고 저 멀리 걸어가는 게 보였다. 나를 돌아보지 않는 할머니를 향해 발을 구르며 달려도 할머니와의 사이는 줄어들지 않았다. 들은 척도 않는 할머니가 원망스러워서 엉엉 소리 내어 울다가 깼다. 눈을 떴을 때 눈꼬리로 눈물이 자박자박 흘러내릴 정도였다. 북받쳐 오른 설움을 토해내 듯 큰 숨을 뱉어 내며 안도했다.

아침밥 하는 냄새로 가득 찬 집안의 훈훈한 열기에 마음이 놓였다. 어쨌든 꿈속에서나마 소원이 이루어진 셈인데 왜 그렇게 서럽게 울었는지 모르겠다. 할머니를 빼앗겼다는 생각이 들자 세상을 빼앗긴 것 같은 느낌이 들었다. 나도 내 마음을 알다가도 모르겠다.

"워짠 늦잠여? 어여 인나. 해가 똥구멍까지 쳐들어올 때까정 누워 있는 사람을 어따 쓴다냐!"

할머니의 잔소리를 못 들은 척하고 이불을 뒤집어쓴 채 따스함을 만끽하며 안도했다.

나는 할머니가 좀 괴팍스러운 데가 있고 뚝뚝해도 날 버리지 않을 거라는 걸 알고 있다. 그렇지만 하루아침에 단월 할매가 눈앞에서 사라진 것을 보게 된 후, 그런 믿음이 조금씩 흔들리기 시작했다. 의지가 흰바위산처럼 굳건한 할머니도 어쩔 수 없는 게 있을 거라는 생각이 들었다. 단월 할매가 우리 할머니를 성님이라고 불렀고 꼬박꼬박 존댓말을 했으니 나이가 더 많은 것도 불안감에 한몫했다. 우리 할머니도 언젠가는 단월 할매처럼 말 한마디 없이 떠날지도 모른다는 두려움이 덩굴손처럼 나를 휘감았다.

편조가 우리 집으로 달려와 울면 우리 할머니는 말없이 내 방에 밥상을 들여 놓으며 한마디 덧붙였다.

"그만 울어라. 느그 할머니 속은 더 뭉그러진다."

우리 할머니는 내 입에 먹을 게 들어갈 때만 조용했다. 맛있는 게 생길 때마다 말없이 내 입 먼저 챙기는 것을 보면 할머니 속도 알다가도 모르겠다.

밤새 훌쩍이는 편조 곁에는 늘 내가 있었다.

지난겨울, 편조는 떠나기 전날 몇 가지 다짐을 받아 놓을 게 있다며 둥구나무 아래서 만나자고 했다.

“똥하, 고마웠다.”

편조는 나를 부를 때마다 ‘동’자에 힘을 주어 똥하라고 불렀다. 그렇게 부르지 말라고 내가 정식으로 요청하자, 편조는 자기만의 애칭이라며 단박에 거절했다. 나는 애칭이라는 말에 팔뚝이 간지러웠다. 편조는 대신 다른 아이들이 나를 똥하라고 절대 부르지 못하게 할 거라고 했다. 그런데 그게 말처럼 되나? 아이들은 나를 ‘류똥’이라고 불렀다. 더 기분 나빴다.

“왜 이래, 안 볼 것처럼.”

내가 팔뚝을 긁으며 말했다.

“너 아니었으면…….”

편조는 말을 잇지 못하고 고개를 절레절레 흔들며 말을 이었다.

“너도 같이 가면 딱인데.”

“말 마, 할머니한테 말했다가 맞아 죽을 뻔했다.”

“하하하, 너희 할머니 대단하셔.”

“뭔데? 할 말이.”

“응, 너 다른 여자아이한테 눈독 들이면 알지?”

"뭐 어디 눈독 들일 여자아이나 있는 동네냐? 너나 잘하셔."

"나는 걱정하지 마."

"그럼 너랑 나랑 정식으로 사귀는 거냐?"

"그럼 넌 아니었냐?"

편조가 팩 돌아앉으며 말했다. 나는 속에서 따뜻한 것이 차올라 넘칠 듯이 가득해지는 것을 느꼈다.

"문구점으로 가자."

편조가 엉덩이를 툭툭 털며 말했다.

"거긴 왜?"

"단월 할매는 보고 가야지."

편조가 맨발로 동네를 뛰쳐나와 학교 앞까지 뛰는 주말 저녁이면 단월 할매는 문구점 앞에 나와 있다가 편조를 낚아채듯 붙잡았다. 찻길은 강가에 있는 그집식당 쪽으로 나 있기 때문에 가파른 내리막길이다. 단월 할매는 편조가 굴러서 고꾸라지는 걸 본 다음부터는 편조를 잡아채 평상마루에 앉혔다. 그 뒤 숨이 넘어갈 정도로 가쁜 숨을 몰아쉬며 뛰는 걸 멈추는 곳이 문구점 앞이 되었다. 단월 할매는 편조의 발에 묻은 흙을 닦아 주며 물을 한 모금씩 먹였다. 숨도 제대로 쉬지 못할 정도로 흐느끼는 편조의 등을 쓸어내리며 울음이 멈출 때까지 기다려 주었다. 피 나는 발가락에 빨간약도 발라 주고 밴드도 붙여 주었다. 그런 뒤 단월 할매는 나와 편조에게 해바라기 씨앗 초콜릿을 한 움큼 손바닥에 올려 주며 한입에 털어먹으라고 했다. 그러면 정말 신기하게도 기분이 좋아졌다.

문구점 앞 평상마루에 앉아 강가에서 불어오는 바람을 맞는 초여름 저녁이면 편조는 언제 울었는가 싶게 스러져 잠이 들었다. 편조의 머리칼을 귀 뒤로 넘겨 주며 단월 할매가 그랬다.

"어린 게 성질이 매워서 워쩌, 너만 신세 고달퍼. 그냥저냥 넘어가는 것도 있어야 편한 건디."

강가에 서 있는 미루나무 잎사귀 쓸리는 소리는, 바람이 얼마나 거센지 어느 쪽으로 불어오는지 알려주었다. 눈을 감고 그 소리를 들으면 마치 어딘가로 날아가는 것처럼 멀리 떠나는 기분이 들었다. 그 바람 소리를 들으며 편조는 엄마 아빠가 있는 집으로 날아가는 꿈을 꾸는지 얼굴이 펴지고 숨도 고르게 쉬었다. 편조와 나는 해바라기 씨앗 초콜릿을 우물거리며 어둠이 어스름 내려앉은 동네 길을 걸어 올라 집으로 향하곤 했다.

편조가 백석리를 떠나기 전날, 편조와 함께 문구점에 들어서자 단월 할매는 아궁이에서 군고구마를 꺼내 주었다. 껍질을 벗기자 황금 빛깔 고구마에서 꿀 향이 모락모락 피어올랐다. 눈앞이 어찔할 정도로 먹고 싶었다. 그렇지만 나는 그날

고구마를 한 입도 먹지 못했다.

편조가 말없이 단월 할매를 꼭 안아 주었다.

"으이구, 이제 우리 편조 원풀이 하는 겨?"

편조가 고개를 끄덕였다. 편조의 눈에 눈물이 그렁했다.

"자주 올게요."

"그려, 느 할미 때문에라도. 그리고 동하는 어쩐다냐? 하하하하."

"제가 왜요?"

내가 발끈하며 물었다.

"동하야, 하늘을 쇡이면 쇡였지. 니 얼굴에 다 써 있구먼."

"에이, 아니에요."

"근디 고구마는 왜 못 먹는 겨?"

단월 할매는 웃음보가 터질 것 같은 얼굴로 나를 연신 놀렸다.

나는 그날 정말로 내가 좋아하는 군고구마를 한 개도 먹지 못했다.

새로 전학 온 아이는 차모경. 할머니 말에 의하면 차 씨네 손녀라고 했다. 차모경이 이 궁벽진 산골까지 오게 된 사연은 벌써 온 마을에 파다했다. 이곳에는 남들이 다 알고 있는 사실을 당사자만 모르는 신비한 통신망이 존재한다. 서울 사는 차 씨네 장남, 그러니까 모경의 아빠가 몇 해 전부터 논밭을 팔아 재끼더니 기어이 조상들의 뼈가 묻어 있는 종산까지 팔아먹었다고 했다. 차모경의 엄마 아빠는 채권단을 피해 위장 이혼이니 뭐니 하며 같이 있으면 안 된다고, 뿔뿔이 흩어지게 된 모양이다. 부랴부랴 싸다가 흘린 이삿짐처럼 뙤똑하니 모경이만 시골 마당에 떨궈 놓고 떠났다. 그것도 한밤중에 동네 사람들 몰래. 그 후 모경의 엄마 아빠는 전화마저도 없앴는지 종적을 알 수 없다고 했다.

모경은 전학 첫날, 그런 제 처지와는 다르게 아주 천진난만한 목소리로 낭랑하게 인사했다.

"안녕? 난 차모경. 만나서 반가워. 잘 부탁해."

서늘하게 예쁘다는 말은 모경이 같은 얼굴을 두고 하는 말 같았다. 길게 갈라진 눈꼬리는 위로 치켜 올라가서 생기 넘치게 보였으며 살짝 웃을 때는 날카롭게 벼린 칼끝처럼 서늘해 보이기도 했다.

흰돌중학교 2학년은 모경이까지 총 여섯 명이다. 우린 그룹 수업하듯 책상을 원탁 모양으로 만든 뒤 둘러 앉아 서로의 얼굴을 마주 보며 공부한다. 맞은편에 앉은 모경의 얼굴이 정면으로 보였다. 모경이에게 자꾸만 눈길이 갔다.

점심시간에 모경이 먼저 말을 걸었다.

"같은 동네 산다고 샘이 그러던데?"

"응, 맞아."

차 씨네 집안 얘기가 떠올라서 처음엔 마주 보기 힘들었는데, 모경이 먼저 말을 걸어와서 좀 당황했다. 도시의 아이들은 싹싹하다는 어른들 말이 틀리지 않는 것 같았다. 백석리 아이들은 저 흰바위산 봉우리를 닮아 띠앗머리가 사납다고 했다. 핏줄끼리 똘똘 뭉쳐 다른 사람과 수틀리는 일이 생기면 드러눕거나 목젖이 찢어지도록 울어 젖히는 일이 다반사일 정도로 뚝뚝하다는 것이다.

모경과 마주 앉아 밥을 먹었다. 모경은 입을 꼭 다문 채 입안의 음식이 하나도 보이지 않게 먹었다.

편조가 떠나고 모경이가 왔다.

학교 끝나는 대로 문구점에 들러야겠다는 생각이 들었다. 황 영감을 생각해서가 아니라 순전히 단월 할매와의 의리 때문이다. 황 영감은 문구점 운영에 관한 건 1도 모르는 것 같다. 무식하게 소리나 지르고 물건을 도로 달라고 빽빽 우기기나 하고.

그냥 단월 할매와의 우정만 생각하기로 했다. 황 영감은 논리적으로 설명하면 알아듣지 못하는 것 같지는 않았다. 아까 꽃 장화 사건만 봐도 또 사다 놓으면 되지 않느냐, 장화가 필요한 사람이 또 있다고 하자 눈빛에 생기가 돌더니 진이 아줌마 장화를 놓아주지 않았던가.

백석리는 물론 저 너머 신촌 사람들까지 부득불 신상문구점에서 물건을 사는 건 그간 쌓은 단월 할매의 공이었다. 신상문구점이 만물상이 된 건 동네 사람들을 위한 단월 할매의 배려였던 것인데 동네 사람들이 말을 하지 않았을 뿐 그 마음을 다 알고 있었던 것이다.

뒹구는 돌을 차며 운동장을 가로질러 걸었다. 우리 반 아이들은 사는 동네가 제각각이어서 학교 오가는 길이 다르다. 대부분 스쿨버스를 타고 갈 정도로 먼 거리에 산다. 그동안 우리 반에서 걸어 다닌 아이는 편조와 나 둘뿐이었다. 내 평생이 늘 편조와 함께였는데. 쓸쓸했다. 바람이 더욱 써늘하게 느껴졌다. 겨울과 봄 사이 어중간한 3월도 다 지나가고 있는데.

"류동하."

이토록 상냥하게 내 이름을 부르는 목소리가 있다니. 그것도 세 글자를 온전히. 모경이 긴 머리칼을 찰랑대며 뛰어왔다. 맞다. 모경이가 있었지. 우리 학년에서는 이제 모경과 나만 빼고 다른 아이들은 모두 신촌과 그 너머 산다.

"같이 가자."

모경이 바람을 몰고 뛰어왔다. 낯선 향기가 실려 왔다. 공연히 가슴이 쿵 내려앉았다. 나는 얼른 가던 방향으로 돌아섰다. 심장이 이렇게 지조가 없다니. 아무 때나 나대는 게 중2의 심장이란 말인가. 나는 눈 둘 곳을 찾지 못해 이내에 싸여 있는 흐릿한 흰뫼를 바라보았다.

"집으로 바로 가?"

모경이 앞서 걸으며 물었다.

"으응, 아니."

"그럼?"

"문구점에."

"아, 그래? 나도 문구점 들를 건데."

"왜?"

"참새방앗간 같은 거야. 그냥 들르는 거지. 넌 아니냐? 나는 여기 문구점 이름이 너무 마음에 들어. 간판 보고 처음엔 믿기지 않아서 웃었다니깐. 신상이라니, 호호호."

"이런 시골 동네엔 안 어울린다는 얘기냐?"

공연히 기분이 나빴다. 동네 사람들끼리는 시골, 또는 촌구석이라고 해도 동병상련의 마음으로 들어 주는데 다른 사람들이 말하면 괜히 욱하는 게 있다.

"야, 난 시골이라고 안 했다."

모경이 톡 쏘듯 말했다. 나는 움찔했다. 흔히 말하는 자격지심 같은 걸 모경이에게 들킨 것 같았다.

"얼마나 신박하냐? 신상 아니면 다루지 않겠다는 문구점의 운영 방침도 보이고."

어쭈,

모경의 말에 욱한 것은 순전히 내 안의 문제라는 생각이 들었다. 둥구나무처럼 이곳에 붙박여 살고 있는 내 신세가 처량했다. 그래도 나는 한 번 더 확인하고 싶었다.

"뭘 또 그렇게까지 거창하게 얘기하냐? 너, 설마 놀리는 건 아니지?"

"왜 이래? 반가워서 그렇다니깐."

"그러니깐 반가울 게 또 뭐가 있냐는 거지?"

"그냥 말 그대로 받아들이면 돼, 뭘 그렇게 꼬아서 생각하냐? 복잡하게."

모경이 발끈하며 말했다.

"……."

나는 마땅히 할 말이 생각나지 않았다.

"신박하다고. 됐냐?"

"신상이 신박할 거까지야."

내가 김빠지는 소리로 대꾸했다.

"아님 말고. 멋지다는 말도 제대로 못 들을 정도면 너도……."

"너도 뭐?"

나도 발끈하는 마음이 일었다. 아까 꼬아서 생각한다는 말도 왜 그렇게 꼬여 있냐는 투로 들려서 가까스로 참았는데. 이런 시골구석에 할머니와 단둘이 살고 있는 것도, 편조 따라 큰 도시로 가지 못한 사정도 속에 잔뜩 똬리를 틀고 있다가 누군가 살짝 건드리기만 해도 튀어나올 것만 같았다.

"아이, 아니야. 그래도 말할 맛이 나는 애가 같은 동네라서 좋았는데 아닌가 봐."

말할 맛이라니. 할머니가 황 영감하고 말할 때 말할 맛이 난다고 했다. 황 영감이 '대처로 돌아다니며 본 것이 많아서 그런지 아는 것도 많고 생긴 것과 다르게 갑갑시럽지는 않은 양반'이라고 했다. 나는 도무지 이해할 수 없었다. 성질 별로인 사람끼리는 통하는 게 있는 모양이라고 생각하며 넘겨 버렸다.

황 영감이 교문 앞에서 비질을 하고 있다. 문구점 주변은 휴지 조각 하나 떨어진 게 없다. 단월 할매도 아침저녁으로 교문 안팎을 청소했다. 어떤 때는 운동장 안쪽까지 들어와서 쓰레기를 줍다가, 나와 마주쳐서 내가 뭐라고 한 적도 있다. 힘들게 뭐하러 여기까지 하냐고 했더니 단월 할매는 이렇게 말했다.

"이 봉지들이 다 어디서 나왔겠니? 문구점 거지."

황 영감은 허리를 펴며 멀리 하늘을 보는 것 같더니 나와 모경이 걸어가는 것을 유심히 보았다. 나는 황 영감의 눈길을 피

했다. 단월 할매가 계셨다면 아이들은 스쿨버스를 타기 전에 문구점에 들러 방앗간에서 모이 쪼는 참새들처럼 한 움큼씩 간식거리를 사 들고 나왔을 텐데. 개학을 했어도 문구점 안팎은 썰렁했다. 공연히 황 영감 눈에 띄면 무슨 불 바가지를 쓸지 몰라서 다들 조용히 스쿨버스를 탄 모양이다.

내가 고개를 숙이며 인사를 하는 둥 마는 둥 지나치자 모경도 따라 했다. 황 영감은 우두커니 서서 눈길을 거두지 않은 채 고개만 돌렸다. 분위기가 심상치 않은 것 같아서 걸음을 재촉했다. 문구점도 그냥 지나칠까 하다가 모경이에게 한 말이 있어서 문구점으로 향했다.

문구점의 엉성한 유리문이 자물쇠로 잠겨 있다. 너무 낯설었다. 단월 할매가 계실 때는 한 번도 없던 일이다. 주인이 저렇게 두 눈 시뻘겋게 뜨고 지켜보면서 굳이 문을 잠글 게 뭐람? 아예 장사를 안 할 거면 모를까.

내가 뒤돌아서 황 영감을 바라보자 황 영감이 기다렸다는 듯 서둘러 걸어왔다.

"잘 왔다, 들어가자."

황 영감이 주머니에서 열쇠를 꺼냈다. 나는 말없이 황 영감의 손길을 지켜보았다.

"뭘 굳이 잠갔냐고?"

어른들은 뒤통수, 옆통수에도 눈이 있는 게 분명하다. 할머니는 내가 교복을 걸었는지, 양말은 빨래통에 넣었는지 마당에 있으면서도 다 알아챘다.

"교복 걸어라. 스읏, 양말은."

나는 두말 없이 들어가 여기저기 벗어 놓은 교복을 걸고 양말을 챙겨 나와야 했다.

내가 말없이 황 영감을 올려다보았다.

"허락도 없이 물건 가져 갈께 비 그런다."

헐, 진짜 장사를 하겠다는 거야, 말겠다는 거야.

"할아버지, 여기는요."

하고 싶은 말이 물밀듯이 올라왔다.

"그래, 여기는 뭐?"

황 영감은 어디 해 보란 듯이 손을 멈추고 말했다.

"굳이 잠그지 않으셔도 돼요. 이제껏 물건이 없어진다거나 돈이 비거나 그런 적은 없었어요. 제가 알기론 그래요."

"그게 문제가 아니라니깐. 그리고 그걸 어트케 그렇게 장담을 허냐?"

"그동안 할머니랑 제가 문구점을 봤었으니깐요."

"너 시방 말 잘했다. 근데 지금은 왜 안 하냐?"

"네?"

딸꾹,

딸꾹질이 올라왔다. 스쳐 지나는 것도 싫은데 붙어서 문구점을 같이 보자고? 하이고 천만의 말씀, 절대로 허락하지 않을 참이다.

"장사를 하시긴 할 거예요?"

"장사라기보담은 난 물건만 채우면 된다."

"그러니까요, 그게 무슨 말씀이냐고요?"

"물건을 지킬 사람이 필요하다는 거여."

"말도 안 되는 소리 하시는 건 아세요?"

"왜 말이 안 되냐."

"차라리 문구점을 닫으세요."

"그건 안 뎌."

황 영감은 문구점 안으로 들어가며 단호하게 말했다.

"할아버지, 제가 하면 안 돼요?"

모경이 내 뒤에 서 있다가 얼굴을 내밀며 말했다.

"넌 누구냐? 처음 보는 얼굴인데."

"차모경이라고 해요. 전학 왔어요."

"아, 니가 그 뭣이냐. 저 위 샘터 웃집에 사는 차 씨 집안 손녀구만."

모경이 아빠의 사업이 기울어 재산을 다 팔아먹은 얘기를 황 영감이 하면 어쩌나 싶어서 철렁했다. 아무리 이웃과 담을 쌓고 살아도 귀는 열려 있어서 떠도는 얘기는 귀에 쏙쏙 박히는 법이라고 했다.

"그, 그렇다면 굳이 문구점 볼 사람이 필요할까요?"

내가 황 영감의 입을 막기 위해서 황급히 말을 꺼냈다.

"꼼짝을 못 하겄어. 변소도 못 가. 잠깐 한눈만 팔어도 물건이 없어진 것 같어. 근데 뭐가 없어졌는지 통 모르겄어."

황 영감은 진열대에 있는 물건을 둘러보며 말했다. 빈 진열대가 더러 눈에 띄었다. 워낙 가짓수도 많고 빼곡하게 쌓인 곳이 많아서 몇 가지의 물건이 몇 개나 있는지 가늠조차 할 수 없다. 오죽하면 만물상이라고 할까. 농기구부터 크고 작은 잡화와 문구류, 장난감에 수많은 주전부리, 계절마다 달리하여 들어오는 수공예품에 농산물까지.

출입문 바로 안쪽에는 동네 사람들과 신촌 할머니들이 만들어 오는 수공예품을 전시하듯 넣어 판매하는 4단 유리 진열장이 있다. 단월 할매가 늘 먼지를 닦고 안이 말갛게 보이도록 손길을 주며 유난히 정성 들였던 진열대이다. 단월 할매는 문구점의 물건보다 진열장의 수공예품 파는 거에 더 열심이었다. 그집식당에 온 외지 손님들이 신상문구점을 찾는 건 수공예품 덕분이라고 했다. 문구점의 만물이야 어디서든 살 수 있는데 수공예품은 여기서만 볼 수 있는 솜씨라는 것이다. 그집식당 팥죽 맛을 보러 전국에서 오는 거랑 같은 이치라고 했다.

지금 유리 진열장은 텅 비어 있다. 유리 선반마다 먼지가 뿌옇다. 마치 단월 할매의 빈자리가 이런 모습일 거라는 생각이 들었다. 그러고 보니 단월 할매가 돌아가시고 수공예품을 가져다 놓는 이가 없다. 황 영감이 이상하다는 소문은 바람보다 빠르게 신촌에 다다랐을 것이다.

단월 할매는 문구점의 매대를 거의 비운 적이 없다. 손에는 늘 반짝이 털이개를 들고 수시로 먼지를 털었다. 변색된 물건은 한쪽으로 몰아놓은 뒤 반값 세일하거나 '그냥 가져 가유!' 코너를 만들어 필요한 물건이 있으면 그야말로 그냥 집어 가라고 했다.

'그냥 가져 가유!' 코너도 먼지를 뽀얗게 뒤집어쓰고 있다. 황 영감은 돈을 줘도 물건을 팔지 않겠다고 하니 '그냥 가져 가유!' 코너는 있으나 마나가 되었다.

파는 사람이 아니라 지키는 사람이 필요하다고? 우리 할머니 표현을 빌려서 쓴다면, 이게 말이야 방구야.

"좌우당간 여기 있는 물건은 파는 게 아녀!"

"할아버지 이런 말씀 죄송한데요. 병원에 가 보셔야 하는 거 아니예요? 아하하하하."

모경이 고개를 뒤로 젖히고 웃었다. 웃음소리가 탱탱볼처럼 튀어 오르는 것 같았다. 황 영감의 성질머리를 모르는 모경의 웃음소리는 문구점 곳곳에 퍼졌다. 모경은 싸늘히 굳은 황 영감의 얼굴을 보자, 입을 다물었다.

"내가 시방 정신이 나가서 이런 말을 한다고 생각한다 이거지? 그래도 할 수 없어. 그래, 미쳤다고 해도 할 수 없는 겨."

"근데 사람이 왜 필요해요?"

나는 발목을 잡힐 수 없다는 생각이 들어서 재차 물었다.

"아침참 변소 간 사이에 저기 저 진열대에 있는 게 또 없어졌어."

"아까처럼 잠그면 되잖아요."

"잠가도 안 뎌. 그건 내가 바로 요 앞에서 지켜보고 있었씨니께 되는 거고."

무슨 말을 하는 건지, 알아듣겠다가도 어느 순간에 말문이 막혔다.

"물건을 파는 것도 아니고 지키는 거면 더욱 안 해요."

내가 단호하게 말했다. 물건이 필요해서 온 사람들을 무슨 수로 돌려보낸단 말인가. 황 영감처럼 똑같이 미친 척하지 않는 이상 가능하지 않은 일이다.

"요즘 같은 온라인 세상에 여기서 물건을 사는 게 더 이상한 거 아니에요? 거기다 할아버지는 팔지 않겠다고 하시고요."

모경이 눈치도 보지 않고 입바른 소리를 했다. 전후 사정을 모르는 모경이어서 가능한 것이다. 한편으로는 속이 시원했다. 가려운 데를 피 나게 긁어 주는 느낌이었다.

"그게 무슨 말여?"

"손님이 오겠냐고요?"

모경이 대차게 되물었다.

"죽으믄 그만여. 내가 살고 싶어서 그라는 줄 알어?"

이건 또 무슨 소리인가. 나는 가슴이 철렁 내려앉았다. 죽기 위해서 그러는 거라고? 황 영감의 숙어진 목소리에 나와 모경은 그만 입을 다물었다.

모경은 황 영감 눈치를 살피며 뒤로 물러서 주전부리 매대 앞으로 갔다. 그런 뒤 초콜릿을 까서 입안에 넣고 오물거렸다. 파는 게 아니라고 했는데. 초콜릿 같은 건 집어 먹어도 되나 싶었다. 황 영감이 불같이 화를 내면 어쩌나 했는데 황 영감은 모경을 보고도 아무 말 하지 않았다. 팔지 않겠다는 의지가 한풀 꺾인 것인가 싶었다.

모경은 아랑곳없이 초콜릿을 한 움큼 집은 뒤 돈을 탁자에 놓았다. 황 영감은 초콜릿의 개수도 돈도 확인하지 않았다.

"아무튼 죽을 때 죽더라도 둘 중 누가 할 겨?"

황 영감의 목소리는 다시 되살아났다.

"뭘요?"

나도 맞받아치듯 퉁명스럽게 되물었다.

"아, 가게 보는 거 말여!"

"제가 해 본다고 했잖아요, 할아버지."

모경이 손까지 들어 보이며 말했다. 내가 모경의 옆구리를 쳤다. 황 영감보다 더 강적은 모경이일지도 모른다는 생각이 들었다.

"크흐흐흠, 아무래도 너보담은 동하가 낫지 않겄냐?"

은근 거절한다는 얼굴이었다.

"전 안 한다고 했잖아요."

"아, 할망구가 너한테 뭐든 맡기고 상의하라고 했단 말여!"

황 영감이 버럭 소리를 지르는 바람에 모경의 손바닥에 있던 초콜릿이 바닥으로 쏟아졌다. 부탁하는 사람의 태도치고는 불손하기 이를 데 없었다. 해 주세요, 하며 부탁해도 모자랄 판에. 나는 말없이 뒤돌아섰다. 공연히 단월 할매와의 의리 어쩌구 하며 오지랖 떤 게 급 후회되었다. 죽는다 어쩐다 하는 말을 들으며 마음이 약해진 것도 공연한 짓이라는 생각이 들었다.

"아 참, 할아버지 체육복 어딨어요?"

모경이 갑자기 생각난 듯 물었다. 참 성격 한번 좋은 아이다. 황 영감에게 알바 자리를 까였는데도 전혀 신경 쓰지 않는 눈치다.

황 영감은 찾아볼 생각도 없이 떡하니 서서 창밖을 바라보았다. 모경에게 체육복을 팔고 싶은 마음이 1도 없어 보였다.

모경이 체육복을 구할 수 있을까? 팔고 싶은 마음이 없는 가게 주인이라니, 말이 안 되는 상황이었다.

우두커니 등을 보이고 서 있는 황 영감을 보자 절로 한숨이 나왔다. 황 영감을 밀치고 문구점을 나와 앞질러 걸어가자, 모경이 뛰어오며 말했다.

"야, 같이 가."

나는 모경이 뒤따라오건 말건 되도록 문구점과 멀어지고 싶어서 잰걸음으로 걸었다.

"왜 그렇게 열을 받고 그래? 내 체육복이 없는 거지. 네 거 구하는 것도 아닌데."

"저 영감탱이 아주 장사할 마음이 없는 거야. 아주 가게를 말아먹을 양반이라고."

"저 할아버지가 가게를 망해 먹든 말든 너와도 상관없는 일 아니야?"

"넌 매정하게도 말한다. 서울서 살다 와서 그런 모양인데. 여기저기 삼동네 다 합쳐서 딱 하나 있는 학교에 딱 하나 있는 문구점이 망하면 너는 좋겠냐?"

문구점이 망하고 어쩌고라는 말을 내 입으로 하는 것만으로도 속이 아팠다. 단월 할매 생각이 더욱 간절해서 명치끝이 아렸다. 문구점이 제대로 꾸려지지 않는 게 너무 속이 상했다. 단월 할매와 함께 문구점을 꾸렸던 시간이 나의 일부라도 된 것인 양, 그 나의 일부가 속수무책으로 훼손당하는 것 같아 속이 쓰렸다. 문구점을 생각하는 마음이 이 정도일 줄은 나도 몰랐다.

모경이 종종걸음으로 다가오다 걸음을 멈추었다.

"너 뭐 있지? 이 문구점과."

모경이 호기심 가득한 얼굴로 물었다. 눈치가 아예 없지는 않은 모양이다.

"그런 게 있어."

"재밌네."

"야. 넌 이게 재밌냐? 아주 구경 나신 얼굴이네."

"응, 재밌어. 너하고 문구점 할아버지 기 싸움도 그렇고, 호호호호."

돌아 버리겠다. 아주 좋아 죽겠는 표정이다.

"야, 넌 눈치가 그렇게 없냐? 거기 끼길 왜 끼는데. 저런 영감탱이는 친절을 받을 자격도 없어. 저게 부탁하는 태도냐?"

"뭘 그렇게 감정을 실어? 난 네가 너무 예민한 거 같은데?"

"내가 예민하다고?"

"넌, 너무 심각해."

"그건 네가 신상문구점과 나의 관계를 몰라서 그래."

모경의 말이 아주 틀린 것 같진 않지만 좀 서운했다. 그간의 사정을 모르니 나의 심각성을 알 리 없겠지, 하는 생각이 들었지만 모경에게 일일이 설명하고 싶지도 않았다.

"관계라니? 뭔?"

"알바생이었다. 왜."

"어머, 진짜 알바생이 있었다고? 이 문구점 다시 봐야 되겠는 걸."

모경은 아주 탐나는 눈빛으로 멀어져 가는 신상문구점 초록 지붕을 바라보았다.

"알바비는 얼마? 정말 괜찮은 알바 자리 같은데."

"그런 알바 아니야."

"알바면 알바지 그런 알바가 아니란 말은 또 뭐야? 근데 저 할아버지 지금 나 같은 고급 인력을 거절한 거지? 나 까인 거 맞지?"

하여간 성격 참 좋다.

"가라."

갈래길이 나오자 나는 모경에게 손을 내저으며 더 이상 말하기 싫은 표정을 지었다.

편조라면 나보다 더 나서서 황 영감에게 따졌을 것이다. 말이 되는 소리를 하는 거냐며 납득이 될 때까지 내 편이 되어 주었을 것이다.

모경은 나와 헤어져서 갈래 길을 지나 모퉁이에 다다르자 뒤돌아서 다시 내게 뛰어왔다.

"자, 당이나 올려."

모경이 초콜릿을 내밀었다. 모경은 거절하기도 전에 내 주머니가 불룩해지도록 초콜릿을 넣은 뒤 윗길로 뛰어갔다. 모경이의 손길이 내 옆구리를 누를 때 몸이 움찔했다. 거리 두기도 없이 훅 들어오는 이 아이는 도대체 또 뭔가 싶었다. 샘터 말로 달려가는 모경의 머릿결이 오후 햇살에 반짝거렸다.

할머니는 요즘 누워 있을 때가 많았다. 얼마 전까지만 해도 누워 있는 걸 본 적이 없다. '성님은 엉덩이를 방바닥에 붙일 새도 없이 부지런한 양반'이라고 단월 할매가 말한 적이 있다. 내가 보기에도 할머니는 잠잘 때 빼고는 눕거나 앉아서 한가롭게 시간을 보낸 적이 없다. 요즘엔 잔소리도 부쩍 줄고 특히 나와 눈 마주치는 것을 피했다. 내가 인사를 해도 받는 둥 마는 둥 등을 보이며 돌아누웠다.

"할머니, 어디 아퍼?"

"아녀."

"근데 왜 누워 계셔?"

"할미도 나이 먹어. 언제까지 꼿꼿할 수는 없는 겨."

"허리 좀 주물러 줄까?"

"아녀. 너도 힘들게 공부하다 왔는데 그라믄 경우가 없는 거지."

할머니가 '힘들게' 라고 말할 때 좀 찔렸다. 공부를 열심히 하면 힘들겠지만 나는 그렇게 힘들 정도로 공부를 하진 않았다. 편조가 있을 때는 가끔 1등 자리를 뺏긴 적이 있지만 1등을 하는 건 힘들이지 않아도 되었다. 한 명은 태국에서 왔고 한 명은 베트남 엄마랑 살아서 우리말이 서툴고 또 한 명은…… 엊그제 전학 온 차모경, 모경은 공부에도 그다지 관심이 있는 것 같지는 않은데 제법 아는 건 많아 보였다.

편조는 책도 많이 읽지만 글을 잘 썼다. 선생님들 말에 의하면 읽은 것을 글에 잘 녹여 내는 건 수준급이라고 했다. 전국 독후감대회 대통령상도 받았다. 학교 정문에 플래카드가 너덜너덜해질 때까지 걸린 적도 있다. 편조는 평론가가 꿈이다. 그렇게 똑똑한 편조가 나를 좋아한다고 말하기 전에 난 이미 편조를 짝사랑하고 있었다.

경우, 학생이 공부를 안 하는 것도 할머니는 경우가 없는 거라고 했다. 할머니와 이 동네 사람들이 툭하면 하는 말, 경우가 뭔지 모르겠어서 네이버 사전에서 찾아 보았다.

경우(境遇): 놓여 있는 조건이나 놓이게 된 형편이나 사정

어른들이 경우라는 말을 쓸 때, 사전적 풀이가 맥락과도 딱 맞아떨어지지 않았다. 대충 싸가지 없다는 뜻으로 알고 있었는데 방금 전에 할머니가 한 말은 그런 뜻도 아니다.

조금 더 찾아보니 중국 고사에서 온 말이었다. 두 강줄기인

경수와 위수에서 기원한 말이다. 경수는 들을 지나기 때문에 늘 탁했고 위수는 심산에서 발원하기 때문에 항상 맑았다. 강의 대조적인 모습을 빗대어 사리의 옳고 그름이나 시비를 가리는 표현으로 경위라고 썼으며 우리나라에 들어오면서 '경우가 없다'로 된 것이다. 사리 판단력이 결여된 것을 말할 때 쓰는 말이다.

이제 좀 이해가 갔다. 진이 아줌마가 황 영감과 장화 가지고 실랑이를 벌일 때도 나는 그렇게 경우 없는 사람이 아니라고 했다.

"배 안 고파?"

할머니가 물었다.

"아니."

할머니 베개맡에 모경이가 준 초콜릿을 한 움큼 내놓았다.

할머니가 끙, 소리를 내며 일어나 앉았다.

"과수원집 사과나무 순 몇 개 치고 왔더니 그것도 힘에 부친다."

할머니가 초콜릿을 보며 말했다.

"영감은 잘하고 있던?"

"모르겠어. 이상한 소리만 하고. 빽하면 버럭이고."

"니가 보기엔 워뗘? 동네 사람들 말대로 진짜루 이상해 뵈?"

"잘 모르겠어. 이상한 거 같기도 아닌 거 같기도."

할머니는 연신 허리를 두들겼다. 내가 할머니 어깨도 주무르고 허리도 두들겼다. 할머니가 과수원에서 품을 팔고 봄, 가을 논밭에서 품을 파는 건 돈 때문이 아니라 시간 때문이라고 했다. 이런 것도 안 하면 어떻게 견디냐고 했다. 나는 도통 알아들을 수 없는 말이었다.

"동하야."

"응?"

"너도 편조 따라 여기서 나가고 싶은 거지?"

"응?"

나는 반색을 하며 할머니 앞에 앉았다.

"나는 되도록 편조네 학교로 가고 싶은 거지, 도시는 아니고."

"넌 편조가 왜 좋냐?"

"좋은 데 이유가 있어? 그냥 좋은 거지."

"……."

더 이상 아무 말 하지 않는 할머니 눈치를 살폈다.

"이사 가게?"

내가 할머니 얼굴을 보며 다시 물었다. 할머니 속마음을 알고 싶었다.

"널 놔줘야 할 때가 온 것 같아서 그랴."

"그게 무슨 소리야?"

"……."

할머니는 다시 벽 쪽으로 돌아누운 뒤 말이 없다.

할머니 목소리에 기운이 없다. 잔소리가 부쩍 준 것도 좀 이상했다.

신상문구점 앞에서는 아침마다 경우 없는 일이 벌어졌다. 이번엔 저간의 사정을 모르는 모경이에게 일이 생겼다. 체육복 때문이다.

모경이 이른 아침부터 문구점을 뒤져 체육복을 찾은 모양이다. 지난 금요일, 모경이 체육복 있냐고 물어봤을 때 못 들은 척 시침을 뚝 떼던 황 영감이 떠올랐다. 그때 모경이가 아무렇지도 않게 순순하게 문구점을 나선 것은 다 생각이 있어서였다. 안 주면 찾아가겠다는 심산이었던 것이다. 제법 야무진 구석도 있는 모양이다. 아무튼 황 영감보다 모경이 더 신경줄이 굵을지도 모른다는 내 추측이 맞을지도 모르겠다.

황 영감은 사이즈 별로 딱 한 개씩 남았다는 것이다. 단월할매가 신입생 수에 맞춰 한 개씩 여분으로 주문해 놓고는 했는데 모경이가 한 개를 사가면 그 사이즈를 놓았던 진열대는 비게 된다고 했다. 모경이 황 영감과 씨름을 하다가 나에게 구원의 눈길을 보냈지만 황 영감을 말릴 방법이 없었다. 황 영감은 숫제 체육복을 뒤춤에 꽉 움켜쥐고 있다.

"도대체 왜요?"

모경이 거의 울 것 같은 표정으로 따졌지만 황 영감은 소 죽은 귀신처럼 꿈쩍하지 않았다. 진이 아줌마와 꽃 장화 한 짝을 마주잡고 실랑이하던 게 생각이 나서 한마디 했다.

"전학생이 또 올지도 몰라요."

황 영감은 그제야 나를 돌아보았다.

"확실햐?"

난감했다.

"확실하다고까지는 말씀드릴 수 없고요."

"그럼 안 뎌, 확실하지도 않은 걸."

"할아버지 진짜 병원 가 보셔야 해요."

모경이 쏘아붙였다.

"시끄럽고, 어여 나가. 병원에 가 보든 내일 당장 죽든 내가 알아서 할테니께."

황 영감은 나와 모경의 등을 윽박지르듯 떠다밀었다. 나와 모경이 문구점 밖으로 내동댕이 쳐지듯 쫓겨나왔다.

운동장을 가로질러 교실로 향했다. 완전 패잔병 걸음걸이였다.

"류동하. 저 할아버지 어떻게 좀 해 봐. 알바생이었다며."

"과거형. 지금은 아니라고. 나도 물음표 투성이야."

그때 편조가 떠올랐다. 모경과 편조는 키도 몸무게도 비슷

해 보였다. 지금은 쓸모없게 된 편조의 체육복을 빌려 입어도 되지 않을까 싶었다. 황 영감을 생각하면 답이 없지만 편조를 떠올리자 머릿속이 환해지는 것처럼 시원해졌다.

"너, 몸무게 뭐냐?"

"뭐?"

모경이 눈을 치뜨며 변태 취급했다.

"아니, 그게 아니고!"

편조 얘기를 꺼내려니 그것 또한 복잡했다. 내가 아쉬운 것도 아닌데 굳이 늘어놓고 싶지 않았다. 나를 변태 취급하는 눈빛이 몹시 기분 나빴다.

"왜? 네가 만들어 주게? 하하하. 아무튼 이 상황이 말이 안 돼서 웃음이 나온다. 너도 문구점 할아버지도."

아주 염장을 질렀다.

"야, 너는 저 영감님이랑 나랑 동급으로 보는 거냐? 응?"

너무 싫었다.

"아무튼 이상해."

모경은 남의 속도 모르면서 아무 말이나 핑핑 해 댔다.

"너만 이상한 거 아니거든!"

나는 기어이 소리를 질렀다. 황 영감의 이상함까지 내가 왜 떠안아야 하는지 모르겠다. 모경은 아까보다 더 황당한 눈빛으로 나를 바라보며 말했다.

"이런 동네에 저런 문구점이 있는 것도 처음부터 이상했어."

"뭐, 이런 동네? 너 정말 말 다 했어?"

"그래, 네가 뭐 이 동네 대표라도 되냐? 왜 그렇게 동네 얘기만 나오면 생난리야?"

모경이 차갑게 쏘아붙였다.

이 동네에서 일어나는 일들은 마치 내 치부를 드러내는 것 같은 부끄러움이 일었다. 황 영감이 치매 노인 소리를 들어도 나와는 아무 상관없다며 손절한 것 같은데, 모경이 황 영감과 나를 묶어 이상하다는 것도 이 동네를 통으로 묶어 이상하다는 말도 듣기 싫었다.

나는 일부러 모경의 어깨를 치며 앞질러 걸었다. 운동장의 모래에서 바그락바그락 소리가 날 정도로 먼지가 풀풀 일었다. 나는 더 이상 모경과 말 한마디 하지 않았다.

점심시간에 식판을 들고 내 앞에 앉는 모경이를 피해 혼자 밥을 먹었다. 모경이는 내가 왜 화났는지도 벌써 잊은 듯했다. 왜 저래, 하는 눈빛으로 바라본 뒤 핌차녹이랑 먹었다.

핌차녹은 한국 아빠랑 재혼한 엄마를 따라 작년에 태국에서 왔다. 핌의 첫 인사가 인상적이었다.

"나아 이르므은 핌차녹, 가조그의 사르랑, 부모니으의 사르랑이라느은 뜨시니다."

핌은 정말로 가족의 사랑, 부모님의 사랑을 찾아서 멀리서 왔다. 태국의 친아빠는 가족들에게 마체타를 휘두를 정도로 폭력적이었다. 핌의 엄마는 살기 위해 용기를 냈다. 신촌에 자리잡으며 핌이 우리 학교로 오게 된 것이다. 그 후 핌의 새 가족은 방학 때가 되면 태국으로 가족여행을 다녀오기도 하고, 태국의 할머니 할아버지가 한국으로 들어와서 얼마 전에 태어난 핌의 동생을 돌봐주기도 했다.

핌은 아직 우리말이 서툴러서 말을 많이 하지 못하지만 우리나라 소설이 태국어로 번역된 것을 인터넷으로 찾아 읽으며 한국어를 열심히 배우고 있다.

모경은 핌에게 무슨 말인가 장황하게 늘어놓으며 밥을 먹었다. 핌은 포도알 같은 까만 눈을 궁굴리다 찡그리며 듣고 있다. 모경이 문구점 황 영감의 만행을 일러바친 게 아닌가 싶었다.

오늘은 모경이와 핌차녹이 청소 당번이다. 집에 같이 가지 않아도 되어서 다행이라는 생각이 들 정도로 모경이와 마주치고 싶지 않았다.

둥구나무가 보일 때까지 개미 새끼 한 마리 보이지 않았다. 사방이 너무나 조용했다. 막 잎이 패기 시작한 나뭇잎 한 장도 흔들림이 없다. 바람도 딱 멈춘 듯 세상이 정지된 것 같았다. 하늘과 땅 사이에 아무도 없는 것처럼 너무나 쓸쓸한 봄날이었다.

모경도 나에게 톡 하나 보내지 않았다. 눈치가 아주 없지는 않은 모양이다.

편조는 매일매일 연락한다더니 통 소식이 없다. 단월 할매가 돌아가셨다는 말을 듣고 금방이라도 달려올 것처럼 펑펑 울더니 결국엔 오지 않았다. 톡으로 몇 마디 주고받은 게 다였다.

- 내가 울 때 네가 밤새도록 지켜 줬던 거처럼
  나도 그러고 싶다.
- 그럼 와.
- 미안, 정말 미안. 지금은 갈 수가 없어.
- 무슨 일?
- 나중에 만나서 얘기해 줄게. 지금은 머리가 너무 복잡해.
- 무슨 일이냐고?
- 나중에.

그게 끝이었다.

눈을 감고 누웠다. 잠이 오지 않았다. 오늘따라 호랑지빠귀 울음소리가 더 처량하게 들렸다.

편조에게 톡을 보냈다.

- 자?

나야말로 황 영감에 대한 것을 편조에게 조목조목 일러바치고 싶었다. 단월 할매가 돌아가시고 내가 얼마나 힘든지 편조는 말하지 않아도 알아줄 것 같았다.

오늘따라 마음이 너무나 울적했다. 할머니가 기운을 빼고 있어서 세상 어디에도 기댈 곳이 없는 것처럼 허전했다. 편조가 백석리를 떠난다는 소리를 들었을 때보다 심했다. 그래서 오늘 같은 날은 편조 생각이 더 났다.

한참 후에 답이 왔다.

- 자려고.

편조에게 분명 무슨 일이 있는 거다. 편조는 속에 있는 걸 숨기거나 애써 감추려고 하지 않는다. 속마음이 투명하게 내비친다고 해야 하나? 그래서 나는 편조가 좋았다. 나와 달라서 좋았다. 톡을 주고받아도 편조의 지금 상태가 어떤 건지 문장 속에 그대로 묻어나는 편이었는데, 지금은 할 말을 잔뜩 숨기고 있는 것 같다. 편조는 엄마, 아빠랑 같이 사는데도 좋지만은 않은 모양이다. 편조의 안부가 불안하다.

- 무슨 일 있는 거지?

- 응.

- 말해 봐.

- 똥하.

- 응, 왜.

- 좋은 게 없어.

- 넌 소원이 이루어졌는데 왜?

- 그니까. 모르겠어 뭐가 뭔지.
  너도 소원 있지?

- 난 그런 거 없어.

- 너네 엄마, 소식 없어?

- 난 그런 거 없다니깐. 너 그딴 말할 거 같으면.

엄마 얘기는 정말 하고 싶지 않았다. 나를 버리고 할머니를 버린 사람이다. 할머니가 버린 게 아니라 놔준 거라고 아무리 얘기해도 받아들일 수 없다. 가란다고 자식을 두고 돌아서는 마음은 도대체 어떤 것일까.

내 마음 같은 건 생각하지 않는 할머니도 싫다. 할머니가 뭔데 내 엄마를 마음대로 놔줘? 할머니가 뭔데? 하고 싶은 말이 가슴속에 차곡차곡 쌓여 목까지 차오른 기분이었다. 그동안 아빠, 엄마 얘기를 물으면 원망 가득한 눈빛으로 하늘을 올려다보는 할머니 모습이 보기 싫어서 어느 순간부터 꺼내지 않았다.

피치 못할 사정이 있다 하더라도 자식을 두고 떠난다는 건 도저히 받아들일 수 없었다. 어떤 사람이어야 그럴 수 있는 걸까.

- 알았어, 알았어.

편조는 묻는 말에는 대답하지 않고 뜬금없이 엄마 얘기를 꺼내서 나를 열받게 했다.

- 여긴 언제 올 거야?
- 거기도 싫고, 여기도 싫어.

편조는 우주 미아가 된 듯한 투로 말했다. 땅으로 끄잡아 내려야겠다는 생각이 들었다.

- 전학생이 왔어. 폐교는 글렀어.
- 우리 학년? 여? 남? 어디 사는 애야?
- 궁금하면 와 보든가.
- 치사.

- 폐교는 물 건너간 것 같다고.

- 할머니한테 한 번 더 떼 써 보면 안 돼?

- 죽을 뻔 했다니깐.

- 너희 할머니는 백석리 안 떠나실 것 같아.

- 내 생각도 그래. 나도 할머니를 두고 가고 싶지는 않아.

- 똥하, 넌 참 착해.

- 그런 말 이제 욕처럼 들린다. 나 착하지 않거든.

오늘 모경이한테 성질부린 게 떠올랐다. 어른들에게도 하고 싶은 말이 바득바득 고개를 들 때가 많아서 난 내가 착하지 않다는 걸 너무나 잘 알고 있다.

- 그래? 그럼 더 좋은 말 찾아볼게.

한참 후에 다시 편조에게서 톡이 왔다.

- 그집식당 팥죽 먹고 싶어.

편조는 이제 흰돌중학교에는 관심이 없다. 백석리는 까맣게 잊고 지가 먹고 싶은 팥죽 생각만 했다.

- 그럼 네가 와야지.

백석리에서 그나마 문턱이 닳도록 사람들이 드나드는 곳은 그집식당밖에 없다. 단월 할매는 도깨비 터 같은 곳이라서 뭘 해도 잘되는 곳이라고 했다. 그집식당은 두 물줄기가 모이는 합수머리에 있어서 돈이 그리로 다 고인다고 했다. 도깨비가 밤마다 방망이를 두들겨서 짤랑짤랑 돈이 눈 쌓이듯 벌리고, 거기 사는 사람들은 도깨비에 씌인 듯 신명 나게 산다고 했다. 단월 할매는 신통하고 방통한 옛날 이야기하듯 그집식당 얘기를 간간이 들려주었다. 단월 할매 얘기를 듣고 있으면 그다음 이야기가 궁금해서 죽을 지경이었다. 그집식당에 돈이 그렇게 많이 벌리는 이유는 뭘까? 거기 사는 사람은 더 도깨비 같다고 했으니 더, 더 궁금했다.

"그 다음엔요? 사람들이 도깨비 같은 건 또 뭐예요? 거기서 살면 어떻게 되는데요? 신명 나게 사는 건 또 뭐예요?"

"호호호, 궁금해 죽겄지? 궁금하면 가서 물어봐."

"택이 아저씨한테요? 바빠서 대답할 새도 없을 걸요."

"거기에 얽힌 이 동네 사람들 마음이 고와서 복을 받은 겨. 거기에 일등공신은 성님여."

"할머니한테 성님이면 누구요?"

"느 할미."

"그게 또 무슨 말이에요? 우리 할머니가 왜요?"

이목단 여사가 일등공신이라니? 심장에서 둥둥 북소리가 울리는 것 같았다.

"동하야, 궁금한 게 많으면 된 겨. 아무렴, 사람은 궁금한 게 많어야 경우가 생기는 벱여."

이 동네 사람들은 걸핏하면 '경우' 라는 말을 쓰는데, 이쯤 되면 동네 이름을 아예 경우리로 바꿔야 하는 거 아닌가 싶었다. 그때, 신촌 할머니들이 떼로 들어오는 바람에 더 이상 얘기를 들을 수 없었다. 하필이면 그때 들이닥칠 게 뭐람. 똑같은 양머리 스타일로 들어서는 할머니들은 누가 누군지 구분이 가지 않았다. 수공예품을 만들어 오는 단월 할매의 절친이 누구인지, 수놓는 솜씨가 문화재 급이라는 할머니는 또 누구인지 알 수 없었다.

단월 할매는 그집식당 얘기부터 시작해, 하다만 얘기가 수두룩한데 어느 날 홀연히 사라진 것이다.

"할매는 무슨 말을 하다 말고 가? 엉? 그리고 어떻게 마지막 인사도 안 하고 가, 할매는? 이건 경우가 있는 거야? 경우가 없는 거지. 내 말이 맞지?"

나는 창밖의 밤하늘을 올려다보며 따지듯 물었다. 별들이 총총했다. 별빛이 유난한 밤이면 단월 할매는 별 닦는 사람이 게으름을 피지 않은 모양이라고 했다.

치, 할매는 무슨 별 닦는 사람이 있다고 뻥을 쳐. 그집식당에 관한 얘기도 어쩌면 뻥일지도 모른다는 생각이 들었다.

그집식당

신상문구점 앞에 놓인 평상마루에 어느 날은 군고구마가, 어느 날엔 나물 반찬이, 어느 날엔 팥칼국수가 놓여 있었다. 군고구마는 용이 아줌마, 나물반찬은 진이 아줌마 솜씨일 것이다. 팥칼국수는 그집식당에서 갖다 놨을 것이다. 우리 할머니 이목단 여사도 소고기 뭇국 한 냄비를 퍼 담은 뒤 나에게 심부름을 시킨 적이 있다. 마을 사람들 전부가 황 영감을 돌보고 있는데 본인만 모르는 것 같았다.

그집식당 택이 아저씨한테 전화가 왔다. 팥죽을 쑬 때 젓는 긴 나무주걱에 금이 갔다는 것이다. 문구점에 말해 놓은 게 있으니 갖다 달라고 했다. 나무주걱은 팥죽을 저을 때 없으면 안 된다. 그게 없으면 팥죽 맛은 망한 거라고 보면 된다. 그동안 식당에 필요한 물품이 있으면 아저씨는 나에게 전화로 부탁하곤 했는데 단월 할매가 돌아가신 후 그마저도 하지 않았다. 내가 황 영감과 마주치는 걸 극도로 싫어하는 걸 택이 아저씨도 알고 있다. 황 영감 뒷담을 신나게 쏟아 놓은 적이 있기 때문이다. 아저씨는 가게를 비울 수 없다며 몇 번이나 미안하다고 했다.

성격 좋은 택이 아저씨도 황 영감을 어려워하는 눈치다. 신상문구점 인심이 전 같지 않다는 것을 동네 떠돌이 개도 알고 얼씬대지 않는다. 문구점에 기웃대던 길고양이도 황 영감의 빗자루질을 피해 멀리 다닐 정도면 말 다했지 싶었다.

며칠 전에 황 영감이 그집식당에 온 적이 있다고 했다. 한 바퀴 휘 둘러본 다음 헛기침을 하며 '자네 가게는 뭐 필요한 게 없는 겨?' 하더라는 것이다. 듣던 소문과 다르게 부드러운 목소리여서 아저씨는 좀 놀랐다고 했다. 치매 전조 증상이 있다는 소문이 틀릴 수도 있다는 생각이 들었다는 것이다.

"많지요. 어르신."

"아, 말을 해야 갖다 놓지."

"동네 어르신들께 작년 팥 수매하고 남은 게 있음 더 달라고 부탁하려던 참이었어요. 그것 좀 부탁드려도 될까요?"

단월 할머니 계실 때는 팥 수급도 도맡아 해 주어서 아주 감사했다는 말도 했다는 것이다.

“그거야 뭐, 간단하지. 그동안 할멈이 팥 수매하는 일도 나섰다는 건가?”

“그럼요. 이 동네의 모든 거래에는 단월 할머니가 계셨지요.”

“허 참, 이 할망구 오지랖은 태평양급이었구먼.”

“이 동네야 말할 것도 없고 저 너머 신촌까지 단월 할머니 덕을 많이 봤죠. 세상 그런 분이 또 없을 겁니다.”

황 영감은 잘 들리지 않는지 한쪽 귀를 소리 나는 쪽으로 돌린 후 귀를 기울였다고 했다. 단월 할매에 대한 얘기는 한 자도 빼먹지 않겠다는 듯.

“아, 한 가지 더요. 긴 나무주걱이 요즘 불안 불안하네요. 오래 쓰기도 했구요. 부탁드려도 될까요?”

황 영감이 그러마, 하는 대답도 없이 신바람이 난 걸음걸이로 식당을 나서려고 하자 택이 아저씨가 불러 세웠던 모양이다.

“저기 어르신, 저희는 물푸레나무로 만든 거만 써요. 워낙 일을 많이 시켜서 웬만해선 견뎌 내질 못하네요.”

“알어, 알어.”

“아, 알고 계셨어요?”

택이 아저씨는 깜짝 놀랐다고 했다.

"할망구가 장부에 다 써 놨어. 그집식당 물품 목록이 따로 있더구만 뭘."

"와, 단월 할머니 대단하시네요."

그 말을 나에게 전하며 택이 아저씨는 신상문구점 시스템은 진짜 짱이라고 했다. 거기에 '우리 똥하도 한몫했다'고 하는 바람에 기분이 좋았다. 오랜만에 신상문구점에 대한 나의 자부심이 회복되는 기분이었다. 단월 할매의 명예도 되찾은 것 같았다.

그러니 아마도 장만해 놓았을 거라고 했다. 그러면서 한마디 더 덧붙였다. 영감님 목소리가 큰 건 당신 귀가 안 들려서 그런 것 같다고 했다. 귀청을 때리는 황 영감 목소리가 아주 싫다고 뒷담을 한 걸 기억하고 나에게 말해 주는 것이다.

나는 전화를 끊고 문구점으로 향했다. 문구점이 가까워질수록 먹장구름이 드리워진 것처럼 마음이 무거웠다. 황 영감이 주걱을 붙들고 팔지 않겠다고 하면 당장 그집식당은 밀려오는 손님을 감당할 수 없을 것이다. 주걱이 부러져서 영업을 할 수 없다는 건, 유명 맛집의 자존심에 말도 안 되는 이유로 스크래치를 내는 것과 마찬가지다. 나는 황 영감의 고집을 꺾을 자신이 없다. 그렇다고 택이 아저씨한테 주걱을 못 가져 갈 수도 있다는 말을 하고 싶지도 않았다. 문구점의 시스템이 짱인 건 나의 몫도 있는 거라고 인정까지 받았는데, 실망시킬 수 없다. 어떻게든 주걱을 찾아가야 한다.

문구점 안팎을 도둑고양이처럼 살폈다. 황 영감이 보이지 않았다. 괴괴할 정도로 고요했다. 화장실이라도 간 것인가? 잘 됐다 싶었다. 황 영감 눈에 띌까 봐 심장이 벌렁거리며 입안이 바짝 말랐다. 문구점 한쪽에 물푸레 나무주걱이 세워져 있다. 새 옷을 입은 듯 나뭇결이 뽀얗다 못해 하얗다. 문구점을 막 나서는데 어디선가 황 영감의 기침 소리가 들렸다. 나는 내 키만한 나무주걱을 들고 냅다 뛰었다. 문구점에서 그집식당 쪽은 가파른 내리막길이어서 곤두박질치듯 내달렸다.

그집식당은 주변에 논밭이 즐비하여 사방이 탁 트인 곳이다. 그집식당과 조금 떨어진 강가에 미루나무 몇 그루와 버드나무 몇 그루가 바람막이 역할을 해 주었다. 문구점과 거리상 그리 먼 건 아니지만 학교와 문구점은 언덕진 곳에 있기 때문에 사뭇 분위기는 다르다.

그집식당은 이 마을에 들어오는 액운을 막아 주는 장승 같은 역할을 해 준다고 했다. 붉은 팥은 귀신을 막아 주는 역할을 하는데 그집식당에서 파는 메뉴의 주재료가 팥이니 정말 그 말이 맞는 것 같기도 했다.

동짓날 저녁이면 할머니가 팥죽을 쑤어 장독대에 퍼 놓은 뒤, 마당을 돌며 뿌리는 것도 집안의 액운을 막기 위한 거라고 했다.

백석리의 액운을 막아 주는 것이 그집식당이라는 근거를 몇 개 더 들자면 이렇다. 그집식당이 들어선 이후로 강물이 넘친 적이 없으며 태풍이 주변 마을을 휩쓸어도 백석리는 조용히 지나갔다는 것이다. 상류에서 난 익사 사고로 시체가 떠내려온 적이 있어도 백석리 강가에서는 화를 당한 사람이 없다는 것이다. 팥농사를 많이 지어서 그렇다는 둥, 집집마다 팥 자루가 쌓여 있어서 그렇다는 둥, 그집식당에서 가마솥째 끓여 대는 팥죽 때문이라는 둥, 인근 마을에 그렇게 말이 도는 모양이라고. 백석리 사람들은 남에게 들은 말 전하듯 겸손하게 말했다.

그런데,

언제부터 이곳에 팥죽집이 있었는지 나는 아직 들은 바가 없다. 단월 할매는 그집식당의 도깨비 같은 이야기의 결정적인 장면을 들려주지 않고 떠나 버렸다.

- 메 뉴 -

새알 동동 붉그팥죽

치자면발 팥칼국시

살얼음 동동 동치미

윤기 좔좔 팥찰밥

사이다 맛 백김치

아작아작 갓장아찌

그집식당에 가면 후룩후룩, 아작아작 소리만 난다. 평일 점심은 물론이고 주말이 되면 자리가 꽉 찼다. 주말에는 웨이팅 줄이 강가까지 이어질 정도였다. 그집식당이 '전국의 아름다운 가게 그림'에 뽑혀서 더 유명해진 것도 있다. 그 그림을 보고 찾아온 이도 적지 않았다.

새 나무주걱을 건네받은 아저씨는 금방 뽑은 치자 면으로 팥칼국시 만들어 줄 테니 먹고 가라고 했다. 아저씨는 이마에 난 땀을 수건으로 누르며 옹심이용 찹쌀가루 반죽을 연신 치댔다. 새알 옹심이가 쫀득한 이유는 기계 반죽이 아니라 아저씨의 손맛 때문이다. 나는 벌써부터 노란 치자 면발에 흘러내리는 걸쭉한 팥 국물이 떠올라서 절로 입맛이 돌았다.

"그러니까 이 가게를 언제부터 열게 된 건지 알려 달라고요."

택이 아저씨가 내 얼굴을 빤히 바라보다 소 눈망울 같은 커다란 눈알을 굴리며 말했다.

"아직도 궁금하냐?"

"궁금한 게 안 풀렸는데 아직이라니요. 풀릴 때까지죠."

"식당 이름을 봐라. 너무 평이하잖냐, '이'보다는 쬐끔 더 먼 거리에 있는 것을 지시할 때 쓰는 '그'에다 '집'을 붙이고 거기에 식당을 넣어 '그 집 식 당' 이라고 이름 붙인 게 말이 되냐?"

"그니까요. 제가 묻고 싶은 말이라고요."

"알면, 내가 이렇게 말하겠냐?"

택이 아저씨가 반죽 덩어리를 올렸다 내리는 바람에 하얀 찹쌀가루가 풀썩 날렸다. 아저씨는 내 콧등에 찹쌀가루를 묻히며 제 할 일 하기에 바빴다.

"나도 몰라, 그냥 지나가다 팥칼국시 한 그릇 얻어먹은 게 다야. 한여름이었고 지칠 대로 지쳐서 뜨끈한 팥 국물을 한 모금 넘겼는데 눈이 번쩍 뜨이더라. 같은 팥이라도 구수한 맛과 향은 조금씩 다르거든. 이상 기후 때문에 그런지 팥만이 갖고 있는 향과 맛이 점점 옅어진다는 생각을 하고 있었거든. 어렸을 때 엄마가 해 주던 고소하면서도 구수한 향이 진하게 느껴진 건 그집식당이 처음이었어. 농작물은 그 땅에서만 낼 수 있는 맛이 있지."

"그래서요?"

"어떻게 이런 맛을 낼 수 있는지 궁금했지. 국수 값이 없다고 핑계를 대고 산더미처럼 쌓여 있는 설거지부터 해치웠어. 그 날 하룻밤 묵게 되고 다음 날도 설거지를 하는데 사장님의 엄지발가락이 부러지는 바람에 걸을 수 없게 되었어. 깁스를 하고 주방에 앉아 나보고 이거해라 저거해라 하다가 저절로 전수 받게 된 거고. 깁스 풀고 얼마 안 되었는데 이번에는 사장님 왼쪽 팔이 부러진 거야. 백 번, 천 번도 넘게 다닌 요 앞 도로 턱에 발이 걸려서 앞으로 엎어질 때 왼쪽 팔을 짚었는데 팔뚝 부러지는 소리가 그렇게 선명하게 들리더란다. 깁스를 하고 병원 유리창으로 흰뫼를 바라보는데 이쯤 되면 떠나라는 얘기구나 하는 생각이 들었다는 거야. 때마침 새 임자가 왔으니 사지육신 멀쩡하게 보존될 때 떠나야겠다는 생각이 들었다는 거지. 어느 날 자기가 안 보이면 그런 줄 알라면서 사라졌어. 그게 다야."

"에이, 말도 안 돼요. 요즘 같은 세상에 누가 그렇게 해요. 여기가 아무리 시골구석이라고 한다 해도."

내가 김빠지는 소리를 연신 해대자 아저씨는 아랑곳없이 반죽만 치대다 고개를 번쩍 들더니 카운터에 있는 장부를 가리켰다.

"야, 족보도 없는 것처럼 이 가게를 운영하진 않아. 저거 보이지? 난 저 장부에 써 있는 운영 방침대로 하는 거야. 이 가게 운영하는 데는 엄격한 계약이 있다 너."

"그러면 정말 그렇다고요?"

나는 카운터에 놓여 있는 장부를 미심쩍게 바라보았다. 그래도 그렇지, 누가 떠돌이에게 가게를 통째로 넘겨준단 말인가. 나는 믿기지 않은 얼굴로 아저씨를 바라보며 물었다.

"그럼 그 전에는 뭐 하셨어요?"

"누구? 나?"

팥 맛 어쩌고 하는 것도 그렇고 음식 달인 소리까지 들을 정도로 식당을 꾸리는 걸 보면 전에 하던 일이 보통 솜씨는 아닐 거라는 어른들 말이 떠올랐다.

“심부름 값을 톡톡히 받아 내겠다 이거지?”

“황 영감님을 생각해 보세요. 심부름 값 두 배로 받아도 모자라요. 첩보 작전하듯 가져온 거라니까요.”

문구점에서 뛰쳐 내려올 때 다리가 후들거렸다. 황 영감의 쇳소리 나는 목소리가 뒷덜미를 잡아챌 것 같았다.

“어렸을 때 부모님이 작은 식당을 하셨는데 남들 놀 때 일하는 부모가 싫어서 나는 죽어도 저렇게 살지 말아야지 했었다. 그래서 밖으로만 돌았지. 어머니가 식당 바닥에 쓰러져서 돌아가신 줄도 모르고. 그게 또 죄스러워 떠돌고, 그때 주로 한 일이 그 고장만의 물맛과 음식 맛을 보는 거였는데 신기하게도 그 동네 사람들의 인심과도 닮았다는 생각이 들더라. 그러니까 음식 맛은 나누고자 하는 마음에서 나온다는 생각이 들었지. 비로소 어머니 마음이 궁금해졌어. 사람들에게 음식을 해 먹이던 어머니 마음이 어떤 것일까 헤아려 보게 된 거지. 때마침 그집식당을 만나게 된 거고. 그게 다야.”

아저씨는 아주 가볍게 어깨를 올렸다 내렸다.

“다음 사람이 올 때까지 하는 수밖에. 나는 사지육신이 멀쩡하니 아직 해도 된다는 신호로 알고 있어. 전에 사장님이 그랬거든, 언젠가는 나에게도 신호가 올 거라고. 그 신호가 뭐냐고 했더니 자기도 모른다고 신호를 받는 사람이 알지 않겠냐고 하더라고. 어느 날 나도 적당한 신호를 받으면 물려주고 갈 거야. 난 매일 아침 눈뜰 때마다 오늘 하루만 잘 살면 된다 생각한다. 그러니까 마음이 그렇게 가붓할 수가 없어. 오늘 하루만 최선을 다해서 팥을 삶고, 오늘 하루만 기똥차게 맛있는 백김치를 담그고, 갓장아찌를 절이고."

"그러니까요, 처음 이 가게를 꾸린 사람이 누구냐고요."

"야, 똥하, 너는 내가 이렇게 진지한 고백을 하는데 자꾸 깨는 소리 할래?"

편조가 나를 똥하라고 부르자 택이 아저씨는 별명 하나 기똥차다며 따라 불렀다.

"아저씨가 만든 음식이 기똥찬 건 전국이 다 알아요. 그니까 그건 들으나 마나 한 소리고요."

"어쭈쭈, 이거 봐라. 왜, 네가 하고 싶냐?"

"에이. 제가 왜요. 전 관심 없어요."

"근데, 자꾸 왜 묻는 거냐?"

"궁금하잖아요."

"참, 할머니 함자가 뭐지?"

"누구요? 우리 할머니요?"

"응."

"왜요?"

이름을 물으면 겁부터 났다. 뭔가 잘못하면 이름부터 물어

책임을 지게 하지 않던가. 할머니가 무슨 잘못이라도 한 건 아니겠지? 그 '경우'라는 것을 입만 열면 평생 따지신 분인데.

내가 '이' 하면서 목단이라는 이름을 붙이려고 한 순간, 한 무리의 손님들이 들어왔다. 아저씨가 손님들을 향해 인사하는 바람에 말이 끊겼다. 나는 물병을 들고 손님들에게 향했다.

"너도 앉아. 칼국수 먹고 가."

"다음에요."

아저씨 손에 바쁜 것을 더 보태고 싶지 않았다.

어느 날 신상문구점 유리문에 종이 한 장이 붙었다.

이곳 물건은 파는 게 아뉴.
말없이 물건을 가져가지 마슈!
만약 말없이 물건을 가져갔다간
물건 값의 10배 값을 물릴규.

– 주인 백 –

며칠 후에는 작은 종이 한 장이 더 붙었다.

팔 필요하대유.

– 그집식당 –

황 영감이 유리창에 써 붙인 지 하루만에 문구점 평상마루에는 필요한 물량 이상으로 팥 자루가 쌓였다. 황 영감도 하룻밤 새 쌓인 팥 자루를 보고 입을 딱 벌렸다. 동네 사람들은 가장 좋은 팥을 내놨을 것이다. 택이 아저씨는 값을 헐하게 쳐준 적이 없다. 어느 해 가뭄이 들어서 팥 농사가 거칠게 되었어도 택이 아저씨는 시세 이상으로 팥을 수매해 줬다. 그러니까 그집식당 팥 맛은 서로를 생각하는 우물처럼 깊은 동네 사람들의 마음에서부터 시작된 거라고 했다. 아저씨는 거기에 불을 지펴 음식을 만들어서 파는 것뿐이라고 했다.

그래서 그런지 모르겠지만 그집식당에는 손님이 끊이지 않았다. 주말이 되면 나와 편조가 서빙 알바를 할 정도로 많았다. 택이 아저씨는 TV 프로그램 음식 달인에 나와 달라는 것도 손사래 치며 거절했다. 그 후 음식 유튜버들이 찾아와서 설득했지만 그때마다 단박에 거절했다. 지금보다 손님이 더 많이 와도 팥 수급이 어려워서 할 수 없다는 것이다. 누구는 수입산을 써라, 전국에서 나오는 팥 수급을 도맡아 해 주겠다, 체인점을 낼 생각은 없느냐 해도 아저씨는 고개를 저었다.

그집식당을 처음 연 사람도 그건 원하지 않을 거라고 했다. 때가 되면 부는 바람처럼, 하늘에서 나리는 비처럼, 그것이 또 흘러 요 앞 강물에 길을 내듯, 자연스럽게 맛이 우러나고 사람들이 찾아오면 그만이라고 한 운영 취지 때문이라고 했다. 무엇보다 아저씨가 꼽는 첫 번째 이유는 이곳에서만 낼 수 있는 맛이 가장 클 것이다.

백석리는 물 빠짐이 좋고 비옥한 땅이라 팥 농사를 많이 지었는데, 팥은 타작을 할 때 일일이 손으로 털고 골라야 하는 등 손이 많이 간단다. 팥은 다른 작물에 비해 밀도가 높아 무게가 나가는 편이다. 스펀지와 돌멩이가 있다면 팥은 돌멩이에 가까울 정도로 단단하고 무겁다. 그렇다고 벼농사처럼 대량으로 지을 수 있는 것이 아니어서 정부 관리 대상 농산물이 아니며 기계의 힘을 빌려 일을 할 수 있는 과정이 없다. 팥알 하나하나마다 그야말로 사람의 손을 거쳐야 우리 입에 들어올 수 있다는 것이다.

오래전, 백석리 할머니들이 팥 자루를 머리에 이고 장에 가는 것을 눈여겨본 나그네가 있었다. 팥 자루는 생각보다 무거워서 다루기가 여간 힘에 부친 게 아니었다. 수매를 위해 버스를 타고 내릴 때도 사람이 자루를 끄는 건지 자루에 사람이 끌려다니는 건지 모를 정도였다. 맛도 생김새도 알아주는 양질이라면 이곳의 특산물은 여기서 소화하는 것이 좋겠다는 생각을 한 사람이 있었다.

백석리 버스 정류장에 쌓인 팥 자루와 그 옆에 팥 자루처럼 쪼그려 앉아 있는 할머니들에게 한 나그네가 이렇게 말을 걸었다는 것이다.

"어휴, 이 무거운 걸 언제까지 이고 지고. 한 해 한 해 기운이 달리실 건디유. 팥도 보통 좋은 게 아닌데유."

팥을 알아볼 정도면 그리고 노인들이 짊어지고 다니는 팥의 무게를 헤아릴 줄 아는 사람이라면 뭐든 맡겨도 좋다는 생각이 들었던 모양이다.

"그럼, 자네가 해 보게."

할머니들 중 한 명이 나서서 나그네에게 말했다.

"제가유?"

"저기 저 강가 삼각지에다. 거기가 사통팔달의 삼거리라 오가는 사람들이 물밀듯이 몰릴 땅이라고 했으니. 해 보게, 그 땅은 자리 잡을 때까지 공짜네."

대장부 같은 할머니 손가락 끝에 펼쳐진 삼거리 풍경이 나그네의 마음을 사로잡았던 모양이다. 뭣에 씌인 듯 고개를 끄덕끄덕하더라는 것이다.

"우선 여기 있는 우리한테 팥칼국수 한 그릇씩 대접해 보게. 계약서는 그 후 쓰겠네."

그집식당은 그렇게 시작되었다고 옛날이야기처럼 전해 내려왔다. 택이 아저씨도 전해 들은 얘기라서 사실인지 아닌지 모르겠다고 했다.

내가 궁금한 것은 최초에 '자네가 해 보게' 제안했던 이 마을의 어른이다.

그집식당 벽에 이런 문구가 걸려 있다.

백석리산 팔 100%
이곳의 바람과 강물로
팔알 하나하나에 정성을 담은
손길을 받아 만들어요.

붉은 팥이 이 동네의 안 좋은 것을 막아 준다는데 어째서 아빠가 일찍 내 곁을 떠났을까. 단월 할매는 말 한마디 없이 왜 돌아가셨을까. 연이어 안 좋은 소식은 왜 자꾸 들려오는 건지. 그것도 영영 회복될 수 없는 '무'가 아닌 '무'의 존재가 되는 사람들이 이 동네에는 계속 이어졌다.

나는 상춘객이 몰리는 주말마다 그집식당에서 알바를 했다. 편조 대신 모경이 얘기를 아저씨에게 했더니 흔쾌히 같이 오라고 했다.

지난번 일은 까맣게 잊고 모경이에게 전화를 했다. 받지 않았다. 좋은 알바 자리가 있다고 톡을 남겨도 읽지 않았다.

"똥하, 전학생이 더 늘지도 몰라."

"왜요?"

나는 홀을 돌며 바쁘게 서빙하다 멈칫했다. 폐교될 가능성과는 점점 멀어질 모양이다. 모경이 전학 왔을 때 폐교의 꿈은

접었다. 폐교가 된다 하더라도 할머니가 나와 함께 이사 갈 생각이 아니라면 할머니를 두고 갈 수는 없는 일이다. 지난번에 목침을 집어 던지고 화를 내던 할머니를 보며 도시로 나가는 건 아예 포기했다.

"여기 팥칼국수 먹으러 왔다가 마을을 둘러보고 마음에 든다는 사람들이 부쩍 늘었어. 초등학생도 있고 중학생도 있는 가족들이 두 번 세 번 오가면서 마을에 대해 이것저것 물어보고 가기도 한다니까."

택이 아저씨가 목소리를 낮추더니 '내 말이 맞지?' 하는 눈빛으로 창가의 테이블을 가리켰다. 가족처럼 보이는 네 명이 오붓하게 팥칼국수와 팥죽을 먹고 있다. 아이들은 초등학생과 중학생 같았다.

"TV도 안 나가고 유튜브도 거절했는데 여긴 어떻게 알고 온대요?"

내가 짜증이 난 눈빛으로 물었다.

"초야에 묻혀 있더라도 고수는 다 알아보는 법이다."

아저씨는 어깨를 으쓱하며 이쯤은 아무것도 아니지, 라는 말을 생략하는 것 같았다.

편조가 전학 가고 내가 풀이 죽어 있어도 아저씨는 일부러 약을 올려 나를 더 속상하게 할 작정인 것 같았다. 바빠 죽겠으니 새 알바생은 언제 데려올 거냐고 오히려 나를 타박했다.

"아 참! 지난번에 우리 할머니 이름은 왜요?"

"그냥."

"동네 분들 함자를 좀 알아 두려고."

"그건 왜요?"

그러고 보니 나는 단짝이었던 단월 할매 이름도 장례식장 모니터를 보고 알게 되었다. 죽고 나서야 이름을 알게 되다니, 할머니 말처럼 그것도 경우가 틀려먹은 거다.

한 줌 재가 된 단월 할매를 목함에 넣어 묻은 뒤 이목단 여사에게 물었다.

"왜 문구점 함미를 단월이라고 불렀어?"

함미, 라고 하는 순간 뜨거운 것이 목구멍까지 치고 올라왔다. 내가 말을 배울 무렵, 가장 많이 한 말이 함미였다고 한다. 주변 어른들이 '함'자 발음을 '할'로 고쳐 주다가 내가 '할매'로 발음하자, 그냥 둔 것이라고 했다. 편조만 나를 '똥하'라고 부르겠다고 한 것처럼 '할매'는 나와 편조만 불렀다.

"……."

이목단 여사는 입에서 휘파람 소리가 날 정도로 큰 숨을 토했다. 먼 하늘을 아득히 올려다보며 쉽게 말을 꺼내지 못했다.

나는 울컥 올라온 것을 삼키며 혼잣말하듯 읊조렸다.

"장보금이라는 예쁜 이름을 두고."

"택호여. 단월이 고향이 저 너머 수몰된 단월리라서 그거 붙여서. 어른 이름을 애들처럼 부를 수는 없는 겨."

할머니는 필요한 말 외에는 하지 않는 성격이다. 그런데 단월 할매가 돌아가시고 나서 내가 뭘 물어봐도 쓸데없이 뭘 그런 걸 알라고 햐? 하는 면박 섞인 말은 하지 않았다. 나에게 상냥한 엄마의 언어를 갖고 있는 단월 할매가 사라졌다는 것이 어떤 건지 이목단 여사는 알고 있는 듯했다.

택이 아저씨에게 할머니 이름을 또박또박 말했다.

"이, 목 자, 단 자예요."

"아아, 그 그렇구나."

아저씨는 좀 당황하는 것 같더니 눙치려는 듯 이어 말했다.

"어르신들 성함이 왜 그렇게 다들 예쁘지? 돌아가신 장보금 할머니도 그렇고."

아저씨는 단월 할매 이름을 정확히 알고 있다. 어르신들 함자를 알아 둔다는 말을 믿어야 할지 말아야 할지 좀 헷갈렸다.

먼지보다도 작게 부서져 사라지길 바랐다

모경이가 학교에 오지 않았다. 선생님은 모경이가 아프다고 했다.

쉬는 시간에 전화를 해도 연결이 되지 않았다. 지난 주말에 보낸 톡도 확인하지 않았다. 전화기를 아예 꺼 놓은 것 같았다.

지난번에 내가 화를 내고 그 후 말을 섞지 않은 게 마음에 걸렸다. 나를 황 영감과 같은 선상에 둔 말은 다시 생각해도 기분이 나빴다.

담임샘이 학교 끝나고 모경이 집에 가 보라고 했다. 내키지 않았지만 그집식당 알바 얘기도 전할 겸 가 봐야 할 것 같았다.

모경이의 빈자리가 내내 걸렸다. 얼마나 아프길래 전화도 받지 않는 걸까.

모경이 집에 가기 전에 우리 집 먼저 들렀다. 마당에 들어서자 방 안에서 두런두런 말소리가 들렸다. 한 사람은 할머니인데, 한 사람은 모르겠다. 방문 앞에는 여자 구두 한 켤레가 가지런했다.

"다녀왔습니다."

말소리가 끊겼다.

방문이 열리고 낯익은 얼굴이 보였다. 나는 직감했다. 엄마라는 것을. 엄마는 구두를 신고 마당으로 나왔다. 나는 그간 사진으로만 봤던 얼굴을 처음 보듯 대했다.

"동하야."

엄마의 목소리 끝이 떨렸다.

"들어와라."

할머니가 굳은 얼굴로 말했다.

"무슨 일로요?"

나는 엄마를 보지 않고 할머니에게 말했다. 숨이 차올라 냉정을 찾기 힘들었지만 어떻게든 그래야 한다는 생각이 들었다. 그게 버림받은 사람의 자존심이라는 생각이 들었다.

"인사부터 하는 게 경우지."

할머니가 또 경우 타령을 했다.

"왜 내가 그런 경우를 챙겨야 하는데?"

여태껏 할머니의 잔소리 폭탄이 싫어서 하지 않던 말대꾸를 했다.

"워째 이제껏 하지도 않던 짓을 하고 그랴?"

"무슨 일이냐고요?"

내가 날선 목소리로 할머니에게 대들듯 되물었다.

엄마는 죄인처럼 고개를 숙이고 말이 없다.

"들어와 어여, 들어와서 얘기햐."

할머니가 나를 잡아끌었다.

"다시 나가 봐야 돼요."

나는 한 발짝도 움직이지 않고 몸을 뒤로 뻗대며 말했다.

"어딜?"

할머니가 엄한 목소리로 물었다.

"모경이네요."

"가지 마라."

"오늘 모경이가 학교에 안 왔어요. 선생님이 가 보래요."

"가지 마라. 안 가도 된다. 가도 나중에 가면 된다."

할머니는 뭔가 아는 눈치였다. 모경이한테 무슨 일이 생긴 모양이다.

엄마는 내 어깨에서 가방을 내리려고 손을 뻗었다. 나는 뒤로 주춤 물러서며 피했다. 엄마는 서늘히 식어 가는 얼굴로 물러섰다.

되도록 천천히 옷을 갈아입었다. 교복도 옷걸이에 걸고 양말도 갈아 신었다. 할머니 방 앞에 섰다. 할머니의 목소리가 선명하게 들렸다.

"왜 여지껏 혼자냐?"

"재혼 생각을 안 한 건 아니에요. 어머니가 저를 보낸 마음도 알고요."

"그래 알면 됐다."

"이렇게는, 도무지 아닌 것 같아요, 어머니."

"뭐가 아니라는 얘기냐?"

"지금처럼 이렇게는 아닌 것 같아요. 뭘 해도 생각은 동하한테로 향해요."

"너도 에미니까. 당연히 그렇겠지. 그간 니 맘 가벼우라고 너한테 연락이 왔어도 동하한테 전하지 않았다. 동하한테 욕은 내가 먹으면 된다."

숨이 가쁘게 올라왔다. 씨이, 할머니가 뭔데?

"왜 그러셨어요."

엄마의 목소리에 원망 섞인 울음이 묻어 있다. 할머니의 깊은 한숨 소리가 들렸다.

"어머님 손자이기도 하지만 제 아들이기도 해요. 후회 많이 했어요."

"뭐를?"

"동하 놓고 간 거요."

"그래, 그럼 왜 놓고 갔니? 내가 널 보내긴 했지만 보내고 싶지 않은 마음도 컸다. 동하가 있으니까. 그렇다고 동하를 핑계로 널 붙잡는 것도 아니라는 생각이 들었다."

"저도 동하 없이는 아무것도 아니라는 생각이 들었어요. 그건 시간이 지날수록 더욱 그랬어요. 제 인생에 아이는 동하 하나예요."

"이제 와서 왜?"

"저보다, 흑……."

엄마의 흐느낌에 나도 모르게 목이 메었다.

"동하 에미야."

할머니의 어르는 목소리가 들렸다.

"저보다, 저보다 더, 어머님이 무너질 것 같았어요."

할머니의 목소리는 더 이상 들리지 않았다. 할머니가 우는 모습은 상상이 되지 않았다. 눈물이든 웃음이든 흐트러진 모습을 보인 적이 없다.

긴 침묵이 이어졌다. 나는 가슴이 그만 터질 것 같았다.

"하나밖에 없는 자식 손 놓친 내가 무슨 얼굴로 하늘을 보고 살겠니."

"어머님 탓이 아니에요. 한 번도 어머님 원망한 적 없어요."

"사람들은 내가 박복해서 남편 잡아먹고 아들도 잡아먹었다고 하더라."

그 말에 나는 손을 그러쥐고 파르르 떨었다. 산 사람을 두 번 죽이는 말이다. 가끔 나를 물끄러미 보며 혀를 끌끌 차는 동네 어른들도 있었다.

"느 아버지 화장했다매?"

나는 화장이 뭔지 몰라서 대답하지 않았다. 여자들이 하는 화장처럼 죽은 사람의 얼굴에 화장을 하는 건가 싶었다. 영화에서 본 적이 있다. 죽은 사람 얼굴에 곱게 화장하는 것을. 나중에 알고 보니 그 화장을 말하는 게 아니었다. 그 사실을 알고 정말 화가 났다.

"네 말대로 동하가 있어서 이때껏 숨 붙이고 살았는지도 모르겄다."

방문을 열고 두 사람의 얼굴을 보는 게 힘들 것 같았다. 나는 신발을 신고 마당으로 내려섰다.

"나 모경이네 갔다 올게."

할머니가 방문을 벌컥 열었다.

"가지 말래두. 그 집에 가도 아무도 없다."

"아무도 없다니. 왜?"

"모경이 집에 일이 생겨서 다들 서울에 갔다."

할머니 낯빛이 더욱 어두워졌다.

모경이 집에 간다는 핑계도 댈 수 없게 되었다.

"동하야, 엄마가 할 말 있어서 왔어."

엄마가 애원하는 투로 말했다.

"그렇겠죠. 왜 할 말이 없으시겠어요."

한 번도 쓰지 않던 말투가 나도 모르게 튀어나왔다.

"저 저 어디 본디 없이, 지 엄마한테 비아냥대는 투로. 내가 너 그렇게 가르치던?"

할머니가 두 눈을 매섭게 뜨고 아랫입술을 깨물며 한 번 더 다그쳤다.

"얼른 들어오래두!"

나는 못 이기는 척 방으로 들어갔다.

"그동안 할머니가 너한테 말 안 한 게 있다. 느 엄마는 계속 연락을 했어도 내가 너한테 전하지 않았다. 너도 니 엄마도 더 힘들 거란 생각만 했다. 나는 니 엄마가 새출발하기를 바랬다."

할머니가 허공에 대고 깊은숨을 뱉어 냈다.

"누구 마음대로요? 왜 할머니 마음대로 하세요? 왜 할머니 마음대로 새출발하라 그러고 연락하지 말라고 그러고 왜요? 도대체 왜? 왜 왜 왜!"

나는 소리를 지르며 악을 썼다. 처음이다. 할머니한테 이렇게 말을 한 건. 그동안 곱씹고 곱씹었던 말이 한꺼번에 폭발하듯 뿜어져 나왔다. 나도 내가 이렇게까지 엄마를 기다리고 있을 줄은 몰랐다. 버림받은 사람의 자존심이고 뭐고 없었다.

이때껏 엄마를 미워하는 힘으로 버텼던 것이 주르륵 풀린 느낌이 들었다. 지탱할 수 없을 만큼 무너지는 것 같았다. 엄마가 나를 찾아오더라도 야멸차게 외면할 것이라는 원망 섞인 분노, 내가 할 수 있는 것은 그거 하나였는데.

왜 자기들 마음대로야?

내 마음은 왜 어디에도 없는 거냐고?

나는 밖으로 뛰쳐나왔다.

바람이 많이 불거나 마음이 갑갑할 때면 가는 곳이 있다. 이 동네를 백석리라고 이름 붙이게 된 흰바위산이다. 바위는 분칠한 듯 희었고 흰 돌 틈 사이에는 반짝이는 은백색 펄이 들어 있어서 빛이 나기도 했다. 예전에는 흰뫼라고 불리다가 한자화로 백석리가 되었는데 햇볕 쨍쨍한 날, 동네에서 흰뫼를 올려다보면 영롱한 빛이 서릴 정도였다.

나는 숨도 쉬지 않고 산등성이를 뛰어 올랐다.

바람이 불었다. 잎이 패기 시작한 나뭇가지 끝이 휘청거렸다. 내 마음을 알아주는 건 바람밖에 없다. 불이 난 것처럼 홧홧거리는 가슴속을 달래 주었다. 숨이 좀 쉬어졌다.

흰뫼 아래 옹기종기 모여 있는 백석리가 보이고 조금 떨어진 곳에 학교와 신상문구점, 뱀처럼 굽이치는 두 강줄기가 모이는 곳에 그집식당이 있다. 아무 일도 일어나지 않은 것 같은 고요한 풍경이다. 그런데 각각의 집 마당에 들어서면 갖가지 사연이 쏟아져 나온다. 멀리서 보면 아름다운 풍경 같지만 가까이 들어다보면 그렇게 아름답지만도 않았다.

천체과학관에서 태양계 모형도를 봤을 때의 충격을 잊을 수 없다. 태양 주위를 도는 거대한 행성 중, 작고 창백할 정도로 푸른 점이 지구이고, 그중에서도 어디 있나 눈을 부릅뜨고 찾아봐야 하는 한반도가 있고, 한반도를 크게 나눈 지도에서는 백석리 같은 건 존재하지도 않는 것 같았다. 하물며 그곳에 살고 있는 사람은 먼지보다도 작을 거라는 생각이 들었다. 그럼 나는 어디에 있는 것일까. 내가 존재한다는 것을 세상이 알긴 알까? 처음으로 존재에 대한 물음을 하게 된 곳이다.

나는 이렇게 하늘과 땅 사이를 가득 메울 만큼 부풀어 올라 감당이 안 돼서 괴로운데, 먼지보다 작은 존재일 수도 있다는 생각이 들자, 아빠가 없는 것도 엄마가 떠나 버린 것도 할머니와 사는 것도, 문구점의 씨앗 초콜릿 수만큼 동전을 세며 모자란다고 하던 것도, 한심한 영어 점수도, 편조에게서 연락이 없는 것도 별거 아니라는 생각이 들었다.

그 후 흰뫼 봉우리를 더욱 자주 올랐다. 가끔씩 구글지도로 먼지와 같은 나 자신을 줌인 줌아웃하며 생성과 소멸을 체험해 보기도 했지만 오늘 같은 날은 그런 것도 소용이 없었다.

엄마는 저녁이 되어도 가지 않았다. 어스름 녘이 되어 집에 들어갔을 때 엄마는 오랫동안 함께 살았던 사람처럼 할머니와 저녁 준비를 하고 있었다.

어찌할 바를 몰라 멀뚱히 서 있는 나를 보고 엄마는 차갑게 가라앉은 목소리로 말했다.

"자고 갈 거야."

왜 그 말이 그렇게 안도감을 주었는지 모르겠다. 날카로운 바늘로 빗장을 질러 놓은 것이 스르륵 풀리는 기분이 들었다.

식탁에 앉았을 때 할머니가 뭔가 얘기하려다 엄마의 만류에 그만두는 것 같았다. 그간 내게 보여 주었던 할머니의 대찬 모습이 사라지고 얼굴엔 표정이 없다. 할머니는 정말 할 말이 많을 때 저런 무표정이다. 시선을 어디 한 군데 멍하니 둔 다음 시간이 길어지면 할머니 몸에서 기운이 빠져나가는 게 눈에 보이는 것 같았다.

밤늦은 시각, 엄마가 내 침대 옆에 이부자리를 폈다. 나는 말없이 지켜보았다. 뭐하자는 거지?

"하룻밤만 재워 줘."

"할머니 방으로 가세요."

"소원이었어. 네 옆에 누워 보는 거."

그 순간 숨을 놓친 사람처럼 숨이 쉬어지지 않았다.

"……."

나는 불을 소리 나게 끄고 이불을 머리끝까지 뒤집어썼다. 그런 다음 벽 쪽으로 돌아누웠다.

"서울로 갔으면 해서. 이제 대입도 준비해야 하고."

엄마는 당연한 순서인 것처럼 아무렇지 않게 말했다. 맡겨 둔 아이를 매주 보러 오고 돌아가기를 십 년 넘게 한 편조 부모처럼 아주 자연스럽게 말했다. 그게 또 화가 났다. 편조 부모는 그렇게 말할 수 있어도 엄마는 그렇게 말하면 안 된다.

입김으로 가득 찬 이불 속이 더웠다. 점점 압력이 차오르는 밥솥이 된 것 같았다. 심장은 통제할 수 없을 정도로 가쁘게 뛰었다. 갑갑한 이 시골구석을 떠날 수 있는 구실이 생겼는데도 전혀 예상하지 않은 상황이어서 혼란스럽기만 했다. 전학생 수를 일일이 헤아리며 폐교를 간절히 바랄 일도, 북적거리는 도시의 아이들을 부러워할 일도 없을 것이다.

갑갑했다. 이불을 젖혔다.

"왜 그렇게 당연한 것처럼 말해요?"

"……."

"내가 짐짝은 아니잖아요. 어디에 맡겼다가 아무 때나 찾아와 이리 가라 저리 가라 하면 되는 거예요?"

"그렇지 않아. 그때는 그게 최선이었어."

"최선이요? 지금은요?"

"그때는 할머니도 엄마도 너무 힘들었어. 견딜 수 없을 만큼. 너를 돌봐 줄 사람도 필요했고. 아니다, 네가 돌봐 준 건지도 몰라 엄마와 할머니를."

"……."

"네가 아니었으면 할머니도 견디지 못하셨을 거야. 엄마보다 더 힘들어 보였으니까."

나는 그동안 내가 할머니의 짐이라고 생각했다. 나는 하루하루 할머니에게 빚을 지고 사는 기분이 들어서 늘 미안했다. 그런데 그게 아니란다. 울음이 올라왔다. 소리를 내지 않으려고 숨을 삼키자, 눈꼬리로 눈물이 흘렀다.

"엄마도 너와 떨어져 있어서 힘들었지만 그래도 네가 있어서 견뎠어. 나는 늘 너를 본 것만 같아. 몸은 오지 못했지만 마음만은 늘 네 언저리에서 맴돌았어. 하루도 너를 생각하지 않은 날이 없었으니까."

나는 다시 머리끝까지 이불자락을 올렸다. 흐느낌이 벅차올라 더 이상 울음소리를 숨길 수 없었다. 나는 소리 내어 울었다. 눌려 있던 감정이 한꺼번에 올라온 것인지 터져 나오는 울음을 감출 수 없었다. 할머니한테 내가 기생하여 산다는 생각이 들어서 나 자신이 싫을 때가 많았다. 어떻게 한 인생이 한 인생에게 이렇게 빚을 지고 살아야 하나, 하는 생각이 들어서 나는 내가 너무나 싫을 때가 많았다. 그런 생각을 할 때마다 나는 먼지보다도 작게 부서져서 사라지길 바랐다. 그런 바람과는 다르게 나는 흰바위산의 너럭바위보다 흰뫼의 봉우리보다 크게 부풀어 올라 나 자신조차 감당할 수 없었다. 그럴 때, 나는 흰뫼 정상까지 단숨에 뛰어올랐다. 숨이 가빠 앞이 깜깜해질 때면 아무 생각이 나지 않았다.

"미안해. 엄마가 미안해."

내 울음이 멈추지 않자 엄마는 나를 끌어안으며 말했다. 엄마도 숨죽여 우는 것 같았다. 내 울음소리는 걷잡을 수 없이 커졌다.

나는 처음으로, 난생처음으로 소리 내어 우는 사람 같았다.

아무도 기다리지 않았다

편조에게서 장문의 톡이 왔다. 그런데 무슨 말인지 알 것 같기도 모를 것 같기도 했다.

- 똥하야,
  그리운 것을 만났을 때
  누적되었던 감정이 생각보다 해소되지 않고
  다른 감정이 생겨서
  차라리 만나지 못하는
  그리운 상태로 있는 게
  더 나을 수도 있는 것 같아.

편조의 안부가 불안하긴 했지만 어느 정도인지 짐작이 가지 않았다. 말하지 않고는 견딜 수 없을 만큼 한계에 다다른 것인지도 모르겠다는 생각이 들었다. 아니면 체념이 담긴 듯한 분위기도 났다. 편조 성격이라면 절대로 타협이나 체념 같은 건 하지 않을 텐데, 편조에게 무슨 일이 있는 걸까.

- 무슨 일 있는 거야?

이건 무슨 말?

- 너한테 해 주고 싶은 말이기도 해서.

- ???

나한테?

- 하고 싶은 말이 너무 많아.

무슨 말부터 해야 할지 모르겠어.

- 하, 이편조, 너무 참지는 마라.

- 힝, 똥하 넌 정말 ㅜㅜ

말하지 않아도 내 마음을 아는 건 너밖에 없어.

- 말하지 않으면 나도 잘 몰라.

나도 너한테 할 말이 많아.

- 너도?

- 있어. 많이. 그것도 아주 많이.

- 진짜? 무슨 일이야?

똥하야, 보자.

- 지금?

- 그래, 휴전선으로 가로막힌 것도 아니고.

비행기를 타야 하는 것도 아니고.

시간도 아껴야 하니 중간 지대서 보자.

역시 편조는 나와 다르다. 왜 진작 그런 생각을 못했는지 모르겠다. 편조는 제가 하고 싶은 말보다 내가 할 말이 많다고 하자 당장 만나자고 했을 것이다. 나는 또 그게 고맙기도 미안하기도 했다.

- 좋아.

백석리와 편조가 사는 동네, 중간 지대인 C터미널에서 만나기로 했다.

나는 번개처럼 빠른 속도로 머리를 다시 감고 세수를 하고 거울 앞에 섰다. 무슨 옷을 입어야 할지 모르겠다. 처음 가 보는 낯선 도시, 낯선 장소에서 편조를 만난다니 더욱 긴장되었다.

주말 오후의 터미널은 사람들로 북적였다. 차가 들어오고 나갈 때마다 한 무리 사람들이 밀려왔다 나가곤 했다. 편조가 저만치서 환하게 웃으며 뛰어왔다. 많은 사람들 속에서도 편조는 금방 알아볼 수 있다.

편조가 덥석 내 양손을 마주 잡고 흔들었다. 편조가 정말 반가운 사람을 만났을 때 하는 행동이다. 나는 심장이 사정없이 두근거렸다.

원피스를 입은 편조는 나비 같았다.

"키는 더 크고 살은 빠진 거 같네."

"정말?"

편조가 환하게 웃었다.

편조와 나는 카페로 들어갔다. 백석리로 가는 막차를 타려면 그렇게 시간이 여유 있지도 않았다.

"어떻게 지낸 거야?"

음료를 놓으며 내가 먼저 물었다.

"너랑 떡볶이도 먹고 싶고 코인 노래방도 가고 싶고 인형뽑기도 하고 싶어."

"야, 지금은 이거나 마셔. 시간 없어."

나는 전화기의 시간을 보며 프라페 잔을 편조에게 밀었다. 이럴 때 시골에 산다는 게 정말 싫었다. 시골 버스의 막차는 해 떨어지기 무섭게 배차되어 있다.

편조는 프라페를 흡입하듯 먹으며 말했다.

"가자, 떡볶이 먹으러. 그다음 백석리 들어가는 막차 갈아타면 딱 맞을 거 같아."

편조가 벌떡 일어서며 말했다.

"할 말이 있다며?"

"응, 내 할 말은 여기."

편조는 내게 봉투 하나를 내밀었다. 두툼했다.

"뭐야, 편지를 쓴 거야? 그럼 우편으로 보내면 되지……."

"야, 것도 웃겨."

"이게 뭔데?"

내가 봉투를 가리키며 물었다.

"내가 하고 싶은 말을 글로 다 쏟아 놓은 적이 있어. 톡이나 말로 표현할 수 없는 게 너무 많아서. 일기 쓰듯 끼적거려 놓은 거야."

"……."

나는 봉투를 뚫어져라 바라보았다.

"야, 너가 보고 싶어서 보자고 한 거다 왜. 꼭 내 입으로 먼저 얘기해야 되겠니? 눈치는 집에 두고 다니지?"

나는 얼굴이 후끈거렸다.

"넌, 그런 말을 무슨 날치기 하듯……."

나는 당황스러워서 말을 잇지 못했다.

"그리고 오늘은 네 얘기 들어 줘야 할 것 같아서 잠깐이라도 봐야겠다 싶어서 온 거야. 단월 할매 돌아가셨을 때 한달음에 달려가지 못한 거 내내 걸렸거든. 이게 뭐 어려운 일이라고.”

내 짐작이 맞았다. 편조는 언제나 나보다 한 수 위다. 나는 폰 화면을 터치하며 시간을 다시 확인했다.

“앉아. 떡볶이 먹으러 갈 시간 안 돼.”

“얘기해 봐 그럼. 내 얘기는 여기에 다 있어. 죽을 거처럼 숨이 막힐 때 써 놓은 거야.”

두께로 보아 가볍게 끼적거린 게 아니라는 걸 알았다. 숨이 막힐 때 써 놓은 거라고 하니, 그동안 편조가 얼마나 힘들었을지 이 봉투 안에 고스란히 담겨 있을 것 같았다.

“그, 그래 알았어.”

“넌 뭐냐니깐? 빨리 말해, 시간 아까워.”

엄마 얘기를 꺼낼까 하다가 봉투 안의 내용을 읽은 뒤에 해도 늦지 않을 것 같았다.

“문구점 할아버지. 아, 단월 할매 돌아가시고 할아버지가 돌아와서 문구점을 맡으셨어.”

“응, 그래 잘 된 거지. 근데?”

“물건을 안 팔겠대.”

“그게 무슨 말이야? 문구점을 그만두겠다는 거야?”

“그럼 차라리 말이 되는 거지.”

“그럼 뭔데?”

“동네 사람들이 필요하다는 물건은 신상으로 들여놓으면서 팔지 않겠다고 하니 문구점 앞이 아침마다 시끄러워."

"어머, 어머, 아하하하하."

"웃지 마, 난 심각해."

"미안, 미안. 문구점은 너한테 특별한 곳이지. 이유가 뭐래?"

"몰라. 아무도."

"엥? 이상하시네."

"동네 사람들은 치매가 시작된 건 아닌가 하는데 택이 아저씨는 그것도 아닌 것 같다고 하고."

"택이 아저씨도 모르겠대? 뭔지?"

나는 세세하게 편조에게 일러바치고 싶었지만 황 영감의 투박함과 불친절함은 겪어 봐야지만 알 것 같아 그만두기로 했다. 황 영감이 물건을 팔지 않는 거 외에는 이렇다 하게 나쁘다고 말할 수 있는 게 없어서 말하기도 애매했다.

"나보고 물건 지키는 걸 하라는데, 말이 되는 소리냐? 전에는 했으면서 왜 안 도와주냐고 면박 주고 따지고 난리도 아니야. 문구점 앞을 지날 때마다 수명이 줄어드는 것 같아."

"그 정도야? 심각하네. 그럼 물건을 팔게 하면 되는 거잖아."

"그 고집을 어떻게 꺾냐고."

"생각해 봐야지. 야, 오랜만에 전투력이 샘솟는다."

"너도 이게 재밌냐?"

"너도? 너도라니? 또 누구야?"

"아이 됐다. 나 이제 가야 해. 차 시간 다 돼 가."

"너 전학생 신경 쓰는구나."

하여간 촉은 못 말린다.

"그런 거 아니거든."

"저것 봐 발끈하는 거. 신경 쓰네. 너 내가 다른 사람 눈독 들이면 가만히 안 둔다고 했지?"

"진짜 아니라고."

내가 정색을 하며 말했다.

"또 얘기해 봐. 할 말이 많다며?"

"이건 나중에. 문구점이나 좋은 방법 없나 생각해 봐."

"응. 그건 생각해 볼게."

"너 나중에 얘기한다는 게 전학생 얘기면 나한테 죽는다."

편조는 나에게 주먹을 들어 보이며 쫓아 나왔다. 나는 정류장으로 뛰어가면서 편조에게 손을 흔들었다.

점점 멀어지는 편조를 보고 있는데도 편조가 보고 싶었다.

버스에 앉자마자 주머니에서 봉투를 꺼냈다. 휴대폰 플래시를 켰다. 커브가 심해 이리 흔들리고 저리 흔들려서 읽는 게 쉽지 않겠지만 궁금해서 견딜 수가 없다.

스프링 노트를 급하게 뜯은 것인지 종이의 가장자리가 너덜너덜했다. 동글동글하고 정연한 편조의 글씨가 빼곡했다. 그것도 다섯 장이나 되었다.

드디어 집에 돌아왔다. 유배지에서 풀려난 죄수의 심정이 이런 것일까. 먼저 태어난 것이 죄라면 죄가 되었다. 그 죄로 나는 십여 년간 엄마 아빠와 떨어져 지내야 했다. 나는 동생 편무가 너무 싫다. 아니 증오한다. 이게 다 편무가 태어나면서 벌어진 일이다. 내가 집에 돌아올 수 있던 것은 편무가 고학년이 되었고 내 대입을 위해 고입을 준비하기 위해서이다.

그렇게 집에 돌아오고 싶었는데 냄새부터 낯설었다. 눈만 뜨면 앞산과 마주하는 백석리와는 공기부터 달랐다. 불온했다. 자동차 매연과 멀지 않은 곳에 있는 소각장의 연기에 환경호르몬이 섞여 있을 것 같고, 입주한 지 얼마 안 된 새 아파트에서는 시멘트 냄새와 새 가구 냄새가 미미하게 났다. 불쾌했다. 집으로 돌아갈 수만 있다면 더 바랄 게 없었는데, 막상 돌아오니 숨 쉬는 것부터 힘들었다.

집안 분위기는 마치 연극 무대를 펼쳐 놓은 것처럼 부자연스러웠다. 동선이 엉성한 연극 무대 같았다. 배우들끼리 나들며 부딪히기도 하고 엄마는 자주 무대의 소품을 놓쳐서 깨 먹기 일쑤였다. 세 명의 배우는 서로 눈짓을 하며 말을 아꼈다.

다 꼴 보기 싫었다. 내게 뭔가 잘못한 게 있긴 있는 모양이다. 그렇지 않고는 나를 손님 대하듯 이렇게 부자연스러울 수가 있을까. 편무는 친자식이고 나는 중2에 입양 온 이방인 같았다. 엄마는 내 이름조차 편하게 부르지 못했다. 아빠는 더 말할 것도 없다. 피곤하다며 소파에 널브러져 있다가 나와 마주치거나 편무가 숙제거리를 들고 나오면 은근슬쩍 자리를 피해 침대 헤드에 목을 걸치고 스마트폰 삼매경이었다.

'아무도 기다리지 않았다' 일리야 레핀의 그림이 떠올랐다. 아무도 환영하지 않는 그림 속 주인공이 된 기분이었다. 그 그림을 처음 봤을 때의 서늘함이 그대로 재연되는 듯한 송연함이 집안 곳곳에 맴돌았다. 그동안 이어져 온 그들만의 평화가 깨진 생경함, 당황스러움이 공기 속에 배어 있다.

"큼큼, 편조야, 저녁에 뭐 먹을까?"

먼저 말을 거는 건 언제나 엄마였다.

"아무거나요."

나는 뭐든 상관없다는 식으로 대답했다. 뭘 그렇게 신경 쓰는 척하세요? 10년 넘게 이방인처럼 키워 놓고는. 나는 무수히 튀어나오는 다음 말을 생략한 다음 간단하게 대꾸했다. 차마 입 밖으로 내뱉을 수 없어서 삼키는 말이 점점 많아졌다. 그만큼 내 말은 짧아졌고 침묵은 길어졌다.

저녁 식탁에 매운 등갈비찜이 올라왔다.

"앗싸, 내가 좋아하는 거다. 엄마, 내가 이거 먹고 싶어 하는 거 어떻게 알았어?"

"어웅, 먹고 싶었쪄? 호호호."

엄마와 편무는 죽이 척척 맞았다. 시간을 오래 한 사람들끼리의 밀도는 달랐다.

편무는 손뼉을 치며 등갈비 접시에서 눈을 떼지 못했다. 나는 저녁밥을 먹고 싶은 생각이 똑 떨어졌다. 나도 등갈비찜을 좋아한다. 나를 위해 저녁상을 차린 줄 알았더니 그게 아니었다.

"편무 손 씻었니? 등갈비찜은 누나도 좋아해."

내가 아무리 퉁명스럽게 말해도 엄마는 아무 말 하지 않고 편무를 통해 말하듯 내게 말을 건넸다.

"학교는 어때?"

아빠가 등갈비찜을 내게 건네며 말했다.

"그냥 그래요."

"아이들이 많아서 적응하기 좀 그렇지 않아?"

엄마가 등갈비를 뜯어 편무 밥그릇 위에 올려 주며 말했다.

"더 편한 것도 있어요."

"그렇지 아무래도. 요즘은 한 반에 한 스무 명 되려나? 시선이 집중되는 것도 덜할 테고. 우리 때는 오륙십 명 됐었는데."

"엄마."

편무가 밥을 뜬 숟가락을 엄마에게 내밀었다. 고기 올려 달란 소리였다.

"야, 네가 애냐?"

내가 싸늘하게 쏘아붙였다. 편무의 어리광을 보는 순간 눈에서 불똥이 이는 것 같았다. 엄마, 아빠는 젓가락질을 멈추었다.

"왜 그래?"

편무가 입을 내밀며 짜증 섞인 목소리로 말했다.

"뭘?"

"왜 그렇게 신경질이야?"

"편무야!"

엄마가 나무라듯 편무 이름을 불렀다.

"아이잉, 왜 나한테만 그래?"

편무가 밥이 소복했던 숟가락을 식탁 위에 소리 나게 내려놓았다. 그 바람에 밥 덩이가 식탁 아래로 나뒹굴었다. 아빠도 엄마도 편무를 바라보며 하고 싶은 말을 참는 것 같았다.

한동안 조용히 밥 먹는 소리만 났다.

나는 반도 먹지 않은 채 수저를 놓고 일어섰다. 도저히 넘어가지 않았다.

"아직 식사 시간 안 끝났어."

아빠가 아까 하지 못했던 말도 실어서 하는 것 같았다. 일종의 경고 같았다. 나는 도로 자리에 앉았다.

"괜찮아, 편조야. 다 먹었으면 네 방으로 가도 돼."

"당신이 그렇게 말하면 애 앞에서 내가 뭐가 되나?"

분위기는 더욱 써늘해졌다.

"당분간만, 편조도 적응할 시간이 필요하잖아."

"에잇."

아빠가 수저를 소리 나게 놓고는 안방으로 들어가 버렸다. 나는 알 수 없는 곳에서 퍼 올리는 것처럼 눈물이 식탁 위로 탐방탐방 떨어졌다. 아빠가 내 앞에서 저렇게 하는 건 처음 보았다. 에잇, 다음에 생략된 말이 무엇인지 귀에 들리는 것 같았다.

'에잇, 가 버렸음 좋겠다'가 아니었을까. 아니면 '괜히 데려왔다'는 말일 수도.

엄마는 내 어깨를 감싸며 나를 안으려고 했다. 나는 엄마 손을 밀어낸 뒤 내 방으로 향했다.

내가 괴로웠던 시간만큼 엄마 아빠도 괴로워야 한다. 편무도 엄마 아빠 품을 독차지했던 만큼 내게 미안해해야 한다. 나는 쉽게 용서할 마음이 없다.

백석리에서 울던 거와는 전혀 다른 눈물이었다. 백석리에서 주말 저녁마다 울던 것은 분명한 대상과 이유가 있었다. 그런데 지금은 모르겠다. 내가 원하던 대로 되었는데도 내 마음이 왜 이런지.

학교생활도 쉽지 않았다. 너무 낯설었다. 쉬는 시간만 되면 북적대는 반 교실도, 아이들로 빼곡한 복도도 적응되지 않았다. 흰돌중학교에서 전학 온 줄 알면 은근 무시할 것 같아 말하지 않으려고 했는데 아이들은 다 알고 있는 것 같았다. 그래서 일부러 새 학년이 시작될 쯤 전학 시기를 맞춘 건데. 다른 아이들은 새 학년이 된 설렘으로 수다스러운데 나만 고슴도치가 되어 가시를 잔뜩 세운 채 주변을 살피는 촌뜨기 같았다. 나에게 말을 거는 아이가 없다.

이 낯섦도 동하가 옆에 있다면 견딜 수 있을 것 같다. 백석리 생활도 동하가 있었기에 가능했던 것이다. 그렇지만 동하에게 이런 말을 함부로 할 수 없다. 동하는 나보다 더 지독한 그리움을 안고 사는 것 같기 때문이다.

"할머니."

할머니에게 전화를 했다.

"어이구 내 새끼, 밥은?"

"먹었지. 할머니는?"

"으응, 먹었지."

"안 먹었구나."

"아녀, 생각이 없어서 그랴."

"나보고는 만날 밥은, 밥은, 그러면서 할머니는?"

"할머니 걱정하는 겨? 우리 퇴깽이 다 컸네."

내가 이럴 줄 알았다. 할머니는 워낙 먹는 걸 좋아하지 않는다. 그나마 그간 나를 챙기느라 끼니를 거르지 않았던 것인데. 우리 할머니가 동하네 할머니처럼 대차다면 걱정할 게 없을 거 같았다.

엄마 아빠는 내가 여기로 온 후 한 번도 백석리에 가자고 말하지 않았다. 백석리에는 아무도 살지 않은 것처럼 잊은 듯했다.

할머니는 나를 보내며 시원하다고 했지만 눈에는 눈물이 그렁그렁했다. 백석리를 떠나올 때 할머니가 끝까지 손을 흔들고 있을 것 같아 차마 차창 밖을 보지 못했다. 나는 또 하나의 나를 두고 백석리를 떠나는 것만 같아 가슴이 아렸다.

나는 백석리에도 여기에도 마음 둘 곳이 없게 된 것 같았다. 내 자리가 어디인지 혼란스러웠다. 여기가 내 자리인 줄 알았는데 자꾸만 남의 자리에 앉은 듯한 느낌이 들었다.

편무가 노크도 없이 문을 벌컥 열었다.

"야, 노크 안 해?"

내 목소리는 더욱 날카로워졌다.

편무는 더 문을 활짝 열어제친 뒤 한껏 얼굴을 내민 후 노크하는 척했다.

"엄마가 과일 먹으래."

"꺼져."

편무가 혀를 내민 뒤 문을 쾅 닫았다.

엄마가 과일 접시를 들고 들어왔다.

"다 울었어?"

엄마는 하나도 심각하지 않은 톤으로 말했다.

"……."

나는 대꾸 없이 끼적이던 연습장을 신경질적으로 뜯어냈다.

"어후, 엄마도 힘들다."

엄마가 침대에 앉으며 푸념하듯 말했다.

"뭐가? 뭐가 힘든데? 내가 와서 힘들다는 얘기야?"

"아우, 편조야 왜 그래. 왜 자꾸 그런 생각을 해."

"엄마가 힘들다고 했잖아 지금. 그동안은 그럼 편했어?"

내가 유리 조각처럼 날 세운 목소리로 말했다.

"미안해. 힘들다고 한 말 취소. 됐니?"

"내가 얼마나 힘들었을지는 생각 안 해 봤어?"

"엄마는 쉬웠을 거 같니?"

엄마의 그 말에 나는 아주 오래전, 그렇지만 어제처럼 느껴지는 한 장면이 선명하게 떠올랐다.

아침 햇살 아래 나무로 만든 색색의 자동차를 기차처럼 줄 세워 노는 일요일 아침이었다. 배가 부른 엄마가 허리에 손을 얹고 식탁 의자를 힘겹게 빼며 앉았다. 풍선처럼 부푼 엄마의 배가 식탁 모서리에 닿으면 터질 것 같았다.

"둘은 이모님도 힘들대. 갓난쟁이랑 뛰어다니는 아이는 같이 봐줄 수가 없대."

아빠가 잠이 덜 깬 얼굴로 멍하니 엄마를 바라보았다.

"휴직계를 내라니까."

"안 돼."

"우리 부서 선배도 곧 출산이라 민폐 덩어리 신세야. 내가 먼저 출산

휴가 쓰고 그다음에 선배가 쓰기로. 예정일대로 될지는 모르겠지만. 육아휴직은 꿈도 꾸지 않는 게 좋을 거 같아. 그리고 여기서 경력이 단절되는 것도 싫어. 왜 여자만 그래야 돼?"

"또 그 소리다. 내가 그럼 회사를 그만둘까?"

"말도 듣기 싫다 이거지? 정말 싫어. 몸은 이게 뭐며, 늘 자리에서 떨려 날까 봐 전전긍긍하고. 무엇보다 아기 낳고 몸조리 때 내 몸 전부를 다른 사람 손에 의탁하는 것도 끔찍하게 싫어."

"그건 어쩔 수 없는 거잖아."

"내가 그런 말 듣고 싶어서 얘기를 꺼낸 줄 알아?"

"나보고 어쩌라는 거야?"

아빠가 인상을 쓰며 말했다.

엄마는 식탁에 머리를 박고 우는 것 같았다.

내 손에는 나무 기차가 있었지만 구르지 않았고 귀는 온통 엄마, 아빠 목소리로 쏠렸다.

"편조를 백석리로 보내자."

아빠가 택배 짐짝 정리하듯 간단하게 말했다. 엄마가 고개를 들고 나를 바라보다 아까보다 더 심하게 소리 내어 울었다.

"장모님이 낫지 않겠어? 우리 엄마보다."

"어머님은 안 돼. 싫어."

"알아, 당신이 싫어하는 거."

"아우, 우리 엄마 허리병도 도졌다고 하는데, 편조를 어떻게 맡겨. 아우, 저 어린 걸 어떻게 떼어 놔, 흑흑흑."

엄마는 다시 식탁에 머리를 떨구고 아까보다 더 크게 울었다.

나는 처치 곤란한 짐짝이 된 기분이었다. 짐짝에게는 선택권이 없는 법이다. 나에게는 아무것도 물어보지 않았다.

그 주에 엄마는 배가 아파 병원으로 실려 갔고 백석리 할머니가 올라와 나를 데리고 갔다. 2주나 빠른 출산이라고 했다. 내가 몇 날 며칠 울어도 엄마 아빠는 오지 않았다.

"엄마가 어떻게 해야 돼? 누가 방법 좀 알려 줬으면 좋겠다."

엄마가 천장을 올려다보며 한숨을 뱉었다.

"그때 나에게도 안 물어봤잖아. 백석리로 가도 되냐고."

"언제? 너 그때가 기억나?"

"응, 그날의 공기, 햇빛, 내가 갖고 놀던 나무 기차 색깔까지 선명해."

엄마가 식탁에서 울던 것도 기억난다고 말하려다 말았다. 엄마는 입을 벌리고 놀란 눈으로 나를 바라보았다. 그렇게 한참 동안 엄마는 나를 바라보다 말없이 방을 나갔다. 엄마의 어깨는 한없이 쳐져 있었다.

내가 돌아온 것이 식구들 모두를 힘들게 하는 것 같았다. 동하에게 다시 백석리로 돌아가고 싶다는 말을 하고 싶었지만 하지 않았다. 여긴 이제 너무 낯선 곳이 되었다고. 막상 떠나오고 나니 그곳이 그립다고 말하고 싶었지만 하지 않았다.

언젠가 동하가 나에게 그랬다.

"넌 돌아갈 수 있는 엄마, 아빠가 있잖아."

그동안 동하가 얘기하지 않아서 엄마에 대한 생각을 하지 않은 줄 알았는데. 백석리를 떠나오기 전, 엄마가 어디 계신지 궁금하지 않냐고 하자 말도 꺼내지 못하게 했다. 동하도 나와 다르지 않게 엄마를 그리워하고 있다는 걸 알았다. 동하를 생각하면 엄마 아빠 그리고 편무에 대한 원망이 줄어드는 건 사실이다. 적어도 나를 버리진 않았으니까.

동하에게 해 줄 말이 생겼다. 그리운 것을 만났을 때, 생각보다 누적되었던 감정이 해소되지 않고 다른 감정이 생겨서 차라리 만나지 못하는 그리운 상태로 있는 게 더 나을 수도 있다는 말이다. 동하에게는 엄마가 그럴지도 모른다고 말해 주고 싶었다.

단월 할매가 없는 학교 주변은 너무 썰렁할 것 같다. 나를 기억하고 내가 기억하는 누군가가 사라졌다는 것은 어떤 것일까. 동하의 마음이 얼마나 쓸쓸할지 짐작조차 할 수 없지만 단월 할매가 돌아가셨다고 했을 때 달려가지 않은 것이 내내 마음에 걸렸다.

보고 싶다.

멀미가 났다. 토씨 하나라도 놓치고 싶지 않아서 읽은 데를 읽고 또 읽었다. 그동안 겪은 편조의 힘듦이 고스란히 전해졌다. 어린 편조가 여전히 울며 맨발로 달리고 있는 것 같았다.

편조가 두고 간 그 아이는 영원히 자랄 거 같지 않았다. 가슴이 먹먹해지며 눈물이 차올랐다.

편조가 두고 갔다던 어린 편조는 또 하나의 나였다.

편조에게 엄마 얘기를 해도 될 것 같았다.

황 영감과 단월 할매

문구점에 또 한 개의 물푸레 주걱이 보여서 깜짝 놀랐다. 하얀 뼈대처럼 기다랗게 세워져 있어서 한눈에 들어왔다. 잘못 본 게 아닌가 싶어서 유리문에 코를 대고 다시 보았다. 어떻게 된 일인지 모르겠다.

지난번에 얼마나 마음을 졸이며 뛰었는지 모른다. 물푸레 주걱은 워낙 크기가 있어서 집어 들자 있던 자리가 훤하게 드러났다. 황 영감이 금방이라도 알아채고 득달같이 달려올 것 같았다. 얼마나 빠르게 달렸던지, 작년 여름 퉁퉁 불어 강가로 떠내려온 시체가 벌떡 일어나서 쫓아온다고 해도 그렇게 빨리 뛰지는 못했을 것이다.

진열대 위를 훑어보았다. 아직도 빈 곳이 많긴 한데 가짓수가 좀 늘어난 것 같기도 했다.

"뭐하는 겨? 왔음 들어가지 않고."

황 영감의 탁한 목소리가 뒤통수로 날아들었다. 나는 유리문에 머리를 박았다. 황 영감의 손에는 기다란 싸리 빗자루가 들려 있다. 학교 주변을 청소하고 온 모양이다. 손에는 쓰레기가 한 움큼 들려 있다.

"바람이 어찌나 부는지 까 처먹은 과자 봉지가 천리만리 날아 댕겨. 아구, 허리 잡네 허리 잡어."

"그렇게 허리 아프면 안 하시면 되죠. 운동장까지 뭐하러."

내가 단월 할매한테 했던 말을 똑같이 하고 있다니, 믿기지 않았다.

"드러운 게 눈에 뵈는데 안 햐?"

"이제 문은 안 잠그시네요."

"잠그믄 뭐햐. 파는 게 아니라고 암만해도 가져가는데 말릴 재간이 있나? 이런 거 암만 써 붙여 놔도 말짱 허사여."

황 영감은 유리문에 붙은 쪽지에 삿대질을 하며 말했다.

"왜요?"

"다들 말했다는 겨. 그게 필요하다고. 그라니께 내가 '말없이'라고 써 붙인 말이 아무 소용이 없다고 빡빡 우기는 겨."

"하하하, 맞네요. 그건 맞는 말 아닌가요?"

화가 나면 더욱 방방거리며 귀청을 때리는 황 영감의 목소리가 수그러든 듯했다.

"얼래, 넌 시방 이게 웃기냐?"

"동네분들이 제대로 말씀하셨네요 뭐."

"뭐가 그려. 다들 지 입장만 드세빠지게 주장하는 거지."

"그렇게 따지면 할아버지도 마찬가지예요."

"그게 어트케 같냐 넌? 응?"

"아무튼, 그래서요?"

"그렇다고 내가 방법이 없을 줄 아냐?"

"무슨 방법요?"

"두 개씩 주문하믄 되야."

그러니까, 꽃 장화 2개 물푸레 주걱 2개, 넉가래 2개, 삽 2개, 호미 2개, 햇빛 가리개 모자 2개, 엉덩이 방석 2개, 팔토시 2개…… 주문하는 것마다 두 개씩 가져다 놓으면 한 개를 가져가도 채워 놨던 진열대에 빈자리가 생기지 않는다는 것이다.

황 영감의 얼굴에 승리의 웃음이 가득 찼다. 이게 무슨, 바보 셈법도 아니고. 재고로 남게 되면 손해 볼 게 뻔한 일을 싸움에서 이긴 모양새로 웃다니, 혹 강박증 같은 것일까. 모서리나 뾰족한 것을 보면 공포를 느끼거나 삐뚤게 놓인 것을 보면 참지 못하는 강박증이 도지는 병이 있다던데, 빈자리 공포증 같은 병도 있는 것일까.

"왜 굳이 그렇게 하시는데요?"

"……."

대답이 없다. 소고기 뭇국을 담아 왔던 냄비에 흰 미농지로 싼 곶감 꾸러미를 올려서 말없이 내밀었다. 못 들은 척하는 것인가? 택이 아저씨 말이 생각나서 황 영감의 귀를 살폈다. 투명한 빛깔의 더듬이 같은 게 삐져나와 있다. 저게 보청기인 모양이다. 못 알아들었으면 하는 건 알아듣고, 알아들었음 하는 건 못 알아듣고. 선택적 난청이야 뭐야.

"이 여사는 요즘 절에 안 가?"

또 딴소리 시작이다. 내가 묻는 말에는 시치미 뚝 떼고.

할머니는 전국의 사찰 순례 중이다. 단월 할매 말로는 그게 할머니의 유일한 낙이라고 했다. 내가 온 뒤로는 나를 단월 할매에게 맡기며 다녀오곤 했다. 그 덕분에 내가 자연스럽게 문구점 알바생이 된 것이다. 할머니의 유일한 숨통은 거친 숨을 몰아쉬며 절 길을 걷는 거라고 했다. 네 발로 기어서라도 바위산을 넘어 절벽 끝에 있는 암자까지 다다라 절을 올린 다음 돌아오곤 했다는 것이다. 나는 솔직히 단월 할매랑 있는 게 더 좋았다. 우리 할머니는 엄격한 아빠 같았고 단월 할매는 다정한 엄마처럼 느껴졌다.

단월 할매 얘기는 정말 재미있었다. 할매 얘기를 듣고 있으면 머릿속에 저절로 그림이 그려졌다. 소리도 어찌나 잘 내는지 바로 눈앞에서 일어나는 일 같았다. 그래서 심심할 틈이 없었다. 그집식당에 관한 진짜 얘기를 해 줄 때가 되었다고 기대하고 있었는데 그만 돌아가신 것이다.

엄마가 왔다 가고 나서 할머니는 집에서 꼼짝하지 않았다. 엄마가 다녀가기 전보다 더 기운을 빼고 누워 있는 날이 많았다.

"요즘엔 집에만 계세요."

"잘햐."

"뭘요?"

"느 할머니한테 말여."

동네 사람들은 나만 보면 말끝마다 할머니한테 잘하라고 한다. 잘하는 게 어떤 건지 도대체 모르겠다.

"이건 뭐냐?"

황 영감이 평상에 쌓인 것을 가리키며 물었다. 신촌 할머니들이 겨울에서 봄이 오는 동안 만든 수공예품이다. 면보에 수를 놓아 앞치마와 손수건, 테이블보를 만들어 오면 신상문구점에서 팔았다. 신촌 할머니 중 한 분은 단월 할매의 절친이다. 단월 할매가 신촌 할머니의 솜씨를 아는 터라 소품이라도 만들어 오면 팔아 보겠다고 하여 시작된 일이다. 가격이 문제였다. 단월 할매는 수공예인데 가격을 너무 싸게 붙이면 안 된다고 했고, 신촌 할머니는 그렇게 비싸면 누가 사 가냐면서 적정가격을 찾지 못했다. 그럴 때 원가를 따져 주고 거기에 수공비와 신상문구점의 중개료까지 얹어 값을 매기는 일이 내가 하는 일이었다.

외지 사람들은 그집식당에서 식사를 한 후에 산책하듯 강가를 걷거나 신상문구점과 학교를 둘러보았다. 신상문구점의 수공예품은 사람들의 발길을 잡아끌었다. 문구점의 주전부리도 한몫했다. 사람들은 추억의 과자라며 한 보따리씩 사 가곤 했다.

수공예품 가짓수는 점점 늘었다. 짚풀 계란 꾸러미, 덩굴로 엮어 만든 바구니, 냄비 받침대 등을 동네 사람들이 만들어 오면 단월 할매는 정갈하게 매대에 진열하였다. 한쪽에 진열한 수공예품 덕에 신상문구점은 시골구석의 빛바래고 먼지 날리는 문구점이 아니라 고급진 소품가게 분위기가 났다.

단월 할매가 돌아가시고 수공예품을 갖다 놓는 사람들이 없는가 싶더니 얼마 전부터 평상마루에 물건이 하나둘 놓이기 시작했다.

“좌우당간 사람들 이상햐. 말도 없이 갖다 놓으면 나보고 어떻게 팔라는 겨?”

문구점을 꾸리는 일은 황 영감만의 일이 아니었다. 신상문구점을 믿고 갖다 놓은 수공예품에 가격을 매기고 결산을 해 주는 일을 이제껏 내가 했으니 나서는 수밖에 없다.

그동안 비어 있던 진열장 안에 먼지를 닦아 내고 물건을 진열했다. 휑했던 유리 진열대가 금세 채워졌다. 팻말을 꺼내 가격을 쓴 다음 수공예품 코너마다 꽂아 두었다.

황 영감은 말없이 내가 하는 것을 지켜보았다.

"옳거니, 여기가 그 자리였구먼."

채워진 매대를 보며 황 영감의 얼굴이 펴졌다.

"그잖어도 여기는 뭐로 채우나 했다."

"매대 채우는 건 왜 그렇게 집착하세요?"

"집착? 허허허, 그런 게 있어."

"아이, 됐어요. 이제 알고 싶지도 않아요."

나도 더 이상 캐묻고 싶지 않았다. 얘기해 준다고 사정을 해도 안 들어줄 참이다.

"아, 나도 말 못할 사정이 있어서 그랴. 알려 주긴 할 거여."

"누가요?"

"시간이."

도무지 알아듣지 못할 소리만 한다. 왜 어른들은 문제가 풀리지 않거나 미루고 싶을 때 시간한테 맡기라거나 시간의 문제라거나 시간이 알려 줄 거라는 말을 하는지 모르겠다. 당장 어떻게 될지 조바심 내며 듣고 있으면 결론은 시간문제라고 한다. 그러고는 입을 다물어 버린다.

"하……."

나는 일부러 길게 숨을 뱉었다.

"이 곶감요, 할아버지가 만드신 거 맞아요?"

"그람 공장에서 찍어 냈을깨 비?"

"아니 그게 아니고요, 우리 할머니가 장인이라고 나랏님한테 진상하던 솜씨라고 막 삭……."

내가 말끝을 흐리며 못미더워하는 투로 말했다.

"막 삭 뭐? 자랑하고 그러디?"

"아이, 그 정도는 아니고요."

황 영감과 이렇게 오랜 시간 말을 주고받을 줄은 몰랐다.

"이 여사가 알아주면 된 거여. 이 세상 깐깐한 시험은 다 통과한 거나 마찬가지여."

깐깐한? 그렇지 이 동네에서 알아주는 깐깐한 할머니, 성질도 고약스러운 할머니가 우리 할머니다.

황 영감은 뒷짐을 쥔 채 턱을 치켜들고 흰뫼를 올려다보았다. 세상의 잡스러운 평가와는 멀어져도 상관없다는 담담한 모습이 저런 것일까.

내가 편조에게 황 영감에 대해 함부로 말을 못하는 이유이기도 했다.

그집식당 택이 아저씨가 숨넘어가는 목소리로 전화를 했

다. 이른 저녁 단체 손님이 있다는 것이다. 어느 마을 동네잔치에서 그집식당 팥죽은 꼭 먹어 보고 죽어야 한다는 말이 나온 모양이었다. 버스를 대절하여 온다고 했다.

그집식당은 평일 점심 장사만 하는 편이라 혼자서도 할 만한데 찬바람이 슬슬 부는 가을 무렵부터 한여름이 되기 전까지는 주말마다 손님이 많아서 그간 나와 편조가 도와주곤 했다.

예비 알바생도 데리고 오라고 했다. 모경이와는 여전히 연락이 되지 않았다. 선생님도 모경이에 대해서는 더 이상 말이 없었다. 모경의 집에 아무도 없다고 하자 선생님은 수고했다며 아무 말 하지 않았다.

할머니는 내가 그집식당에 다녀온다고 하자 힘들면 가지 말라고 했다. 어쩐 일로 이렇게 부드러운 말투를 쓰나 싶어서 할머니를 돌아보았다. 할머니의 어깨는 앞으로 쏠려 더욱 구부정했다.

"아냐, 재밌어."

할머니의 굽은 등에 대고 말했다.

그집식당에 가면 나는 기분이 좋았다. 통유리를 통해 트인 들판을 보는 것이 좋았다. 수양버드나무의 연둣빛 새순이 바람에 일렁일 때면 가슴 속에서 몽골몽골 뭔가가 피어오르는 것 같아서 공연히 설레기도 했다. 미루나무의 이파리가 바람에 날리는 소리는 소나기가 쏟아지는 것처럼 시원했다. 여기가 아닌 어딘가로 나를 데려가는 듯한 기분이 드는 곳이 그집식당이었다. 눈이 하얗게 덮인 들판을 내다보며 김이 모락모락 나는 붉은 팥죽을 서빙할 때면 그집식당은 백석리가 아닌 것 같았다. 그동안 편조와 함께여서 그런 줄 알았는데 혼자 다녀 보니 꼭 그렇지만도 않았다.

단체 손님이 빠지자 택이 아저씨와 나는 새콤한 비빔국수 두 그릇을 사이에 두고 앉았다. 자연스럽게 황 영감에 대한 얘기가 나왔다.

"앞뒤가 안 맞아요."

황 영감을 생각하자 나도 모르게 튀어나온 말이다.

"뭐가?"

"뭘 물어보면 대답도 시원하게 안 하고. 제가 보기엔 못 듣는 게 아니에요. 하고 싶은 말만 하는 거지. 그리고 좋은 분이라고 말할 수는 없지만 나쁜 사람 같지도 않고요."

"하하하하, 우리 똥하가 요즘 생각이 많구나. 영감님이 숙제를 많이 내주셨네. 내가 좀 시원하게 해 줄까?"

나는 귀가 번쩍 뜨였다. 두 눈을 동그랗게 뜨고 택이 아저씨의 다음 말을 기다렸다.

황 영감이 그동안 팥칼국수를 자주 먹으러 왔다는 것이다. 어제는 사람들이 얼추 빠지고 한숨 돌릴 때, 황 영감이 늦은 점심을 하러 왔다고 했다. 오늘은 팥찰밥을 드시는 게 어떠냐고 했더니, 그동안 혼자 먹는 거라서 목구멍으로 넘기기 쉬운 칼국수를 먹은 거지 실은 팥찰밥이 먹고 싶다고 했다는 것이다.

"잘됐네요, 오늘은 저랑 같이 느긋하게 하셔요."

팥찰밥보다도 함께하는 점심이 그리웠던 게 아닌가 싶을 정도로 반겼다는 것이다. 어느 정도 식사가 끝나갈 무렵, 황 영감은 이렇게 말을 꺼냈다.

"이 동네에서 자네와 나만 토박이가 아닐 걸세."

"아, 그런가요? 저는 이제껏 그 부분은 생각 안 해 봤습니다."

"이 동네 인심이 나쁘지 않다는 얘기네. 그러면 됐네."

"아, 네. 그럼 어쩌다 여기까지……."

그렇게 얘기가 시작되었고 기울어진 해그림자가 식당 안에 가득 퍼질 때까지 이어졌다는 것이다.

황 영감의 고향은 감이 많이 나는 곳이다. 가을이 되면 집집마다 붉은 감이 달덩이처럼 열리는 곳, 단월리다. 황 영감은 가업을 이어 곶감을 만들게 되었고 깐깐한 솜씨는 장인 소리를 들을 정도로 빼어나서 청와대까지 들어가게 되었다. 청와대 안주인이 고향에서 먹어 본 맛이라며 국빈이 올 때마다 내놓는 전통 후식 중 하나가 된 것이다. 어느 날, 국빈 중 한 명이 탈이 나게 되었고, 그가 먹은 음식의 재료가 문제의 물품 목록으로 오르게 되었다. 곶감도 그중 하나였다.

그 후 처음으로 한 번도 떠나 보지 않은 단월리가 갑갑하다는 생각이 들었다. 나랏님께 올리는 최고의 솜씨라고 인정받더라도 하루아침에 무너질 수 있다는 허무감이 밀려왔다. 거기다 댐 공사로 인해 단월리를 비롯한 이웃 마을이 수몰 지역에 포함되어 이주가 막 시작되던 때였다. 사는 게 아무것도 아니라는 생각이 들었다.

그렇다고 하던 일을 쉽게 바꿀 수도 없는 일, 곶감이 잘 되는 적정 온도와 습도를 찾아 떠돌게 되었다. 곶감 성수기가 끝나면 양봉을 하며 전국을 돌았다. 어차피 터전이었던 곳이 물에 잠겼으니 딱히 돌아갈 곳이 없었다. 고향 잃은 설움은 어디 한 군데 맘 붙일 수 없게 만들었다.

꽃이 가장 먼저 피는 남녘부터 북상하며 꿀 채취하는 일을 했으니, 떠돌며 산 세월이 꽤 되었다. 자식들이야 제 갈 길 가면 그만이지만 고향을 잃고 변변한 살림집 한 번 꾸려 본 적 없는 무던한 단월 할매가 불쌍하다는 생각이 들었다.

돌산으로 된 흰뫼 봉우리와 강줄기가 인상 깊었던 백석리가 떠올랐다. 단월리와 아주 흡사한 지형이었다. 어느 절 길 앞에서 우연히 마주쳤던 이목단 여사가 백석리 사람이라는 것을 알았을 때는, 말 그대로 인연이구나, 생각했다.

그 후 이 여사가 백석리에 문구점이 났으니 해 보는 게 어떠냐는 연락을 해 왔고 묻지도 따지지도 않고 무작정 자리 잡기로 결심한 게 벌써 20년이 다 된 일이다.

어떤 고장은 들어서면 마음이 편안해지며 낯설지 않은 곳이 있다. 전생에 살았던 곳일지도 모른다는 생각이 들 정도로 그곳에 내리는 햇볕, 산천 모양새, 자드락한 언덕들까지도. 다행히 단월 할매에게 백석리가 그러했다. 황 영감이 단월 할매에게 그곳에서 문구점을 해 보는 게 어떻겠냐고 하자 두 말도 않고 짐부터 쌌다는 것이다.

역마살은 타고 나는 모양이라고, 황 영감에게 한곳에 머무는 건 쉬운 일이 아니었다. 한 계절을 버티지 못하고 갑갑증이 일었다. 하루하루 생기를 잃어 시르죽은 얼굴이 된 황 영감을 보자, 단월 할매가 죽더라도 하던 일 하다 가시라고 등을 떠밀어서 다시 집을 나와 떠돌게 되었다. 달라진 것이 있다면 언젠가는 돌아갈 곳이 있다는 것, 그곳을 단월 할매가 단단히 지키고 있다는 것이다.

한 해 한 해, 앞으로 얼마나 더 떠돌겠나 싶어서 곧 돌아가 안착해야지, 하던 것이 여전히 꽃이 피면 남쪽에서 북쪽으로 이동하며 지냈다. 돌아보면 열심히는 살았지만 잘 살았다고 할 수는 없는 것 같았다.

곶감 농사를 갈무리하고 꽃 피는 시기에 맞춰 남쪽으로 가기 위해 채비를 하는데, 그만 단월 할매가 죽었다는 비보가 날아든 것이다. 이럴 수는 없는 일이다, 이렇게 보낼 수는 없다고 아무리 하늘에 대고 얘기한들 변하는 건 없었다. 변하지 않는 건 사라진 자는 돌아오지 않는다는 것이다.

하늘 아래 홀로 남은 듯했다. 정착하여 살아 낼 자신도 없었다. 숨을 쉬고 아침마다 눈을 뜨는 게 더 이상 아무 의미가 없었다.

단월 할매를 보내고 칩거하듯 집안에 틀어박혀 있는 동안 대들보에 목을 두 번이나 맸다. 그럴 때마다 이목단 여사가 문을 두드렸다. 이 여사가 끓여다 주는 죽이 목을 타고 넘어갔다. 맛이 느껴졌다. 그날부터, 단월 할매가 꿈에 나타나기 시작했다.

"죽는 게 그렇게 맘대로 될 줄 알어유?"

"나보고 어떡하라구, 나두 데려가."

"때 되면 내가 데리러 올규."

"때? 언제?"

단월 할매는 문구점 안을 가리키며 말했다.

"저, 매대가 하나도 빈 게 없을 때유."

"뭣여? 죽을 건데 저건 왜 채우라고 햐."

"어쨌든 채울 때까정 못 죽으니께 그런 줄 알어유, 봤잖어유, 쉽게 못 죽는 거."

"그럼 저것만 다 채우면 되는 겨?"

"야. 그것도 신상으로다가유. 간판 값은 해야쥬, 이름값은 당신이 얘기하며 지어 준 거잖어유. 책임져야쥬."

"내가 왜?"

"신상문구점을 그렇게 쉽게 생각하지 말어유."

"쉽게 생각한 적 없어."

"근데 그렇게 무책임하게 손을 놓으려고 했어유? 영감답지 않게."

"아, 몰러. 데리러 온다는 약속은 지킬 겨?"

"암유, 지키쥬. 당신이나 약속 지켜유. 그러기 전에는 택도 없는 줄 알어유. 동네 사람들한테는 절대루다 암말하지 말구유."

단월 할매는 여기저기 이 빠진 것 같은 빈 매대를 보고 마땅찮은 얼굴로 문구점을 둘러본 뒤 사라졌다는 것이다. 이후로는 꿈에도 통 나타나지 않았다고 했다.

"내가 약속을 못 지켜서 그랴. 꿈에도 안 뵈는 게. 애초에 매대를 다 채우는 건 글러 먹은 거 같어."

황 영감은 그집식당 창으로 신상문구점을 올려다보며 혼잣말하듯 읊조렸다는 것이다.

"그럼 죽기 위해서 진열대를 채운단 말이에요?"

"그런 셈이지. 근데 결국 그게 영감님을 살게 만든 것이기도 해."

나는 알 것 같기도 모를 것 같기도 해서 택이 아저씨를 바라보았다.

"역시 단월 할머니야. 돌아가셨어도 돌아가신 게 아니야."

그건 어느 정도 인정한다. 난 지금도 단월 할매와 같이 사는 기분이다. 하루도 단월 할매를 생각하지 않은 적이 없다. 그럼 아빠도 마찬가지인가? 죽음은 그것으로 끝이 아닌 것은 맞는 것 같았다.

"내가 만난 분 중 두 번째로 대단하셔."

"엥? 첫 번째도 아니고 두 번째요?"

"응, 첫 번째는 따로 계셔."

아저씨는 엄지를 올리며 내게 들이밀듯 내밀었다. 나는 택이 아저씨 엄지를 꽉 잡으며 물었다.

"첫 번째는 누군데요?"

"그건 네가 맞혀 봐. 공짜는 없는 법."

"어른들이 애를 놀리면 안 되죠!"

"새 알바생 데리고 와. 그때 알려 줄게."

택이 아저씨는 팥찰밥을 싸 주며 이목단 여사께 드리라고 했다.

나는 그집식당을 나와서 신상문구점으로 향했다. 문구점만 생각하면 안개가 자욱이 깔린 것처럼 답답했는데 모처럼만에 해가 뜬 느낌이었다. 흰뫼가 거느린 산등성이 라인이 선명하게 보이는 날 같았다.

문구점 문은 활짝 열려 있는데 황 영감이 보이지 않았다. 물건을 지키는 일은 이제 그만둔 것인가?

탁자 위에는 매출 장부가 펼쳐져 있었다.

단월 할매와의 약속을 지키기 위해 애쓰는 황 영감이 달라 보였다. 그것도 꿈속에서 죽은 사람과 나눈 얘기를……. 단월 할매를 제일 좋아하고 그리워하는 사람은 황 영감이라는 것을 인정할 수밖에 없었다.

신상문구점 매대는 여전히 듬성듬성 비어 있다. 황 영감은 빈 매대를 채우기 위해 읍내 장터로 나갔을지도 모르겠다. 이 동네 사람 중 누군가 '뭐는 없슈?'라고 했을 때 황 영감은 신발을 꿰차고 읍내로 향하는 버스를 타러 달려갔을지도 모르겠다.

황 영감의 사연을 편조에게 전했다. 지난번에 해결 방법을 찾아보겠다며 전투력이 샘솟는다고 했는데 정확한 진단이 필요하기 때문이다.

편조에게서 카톡이 왔다.

- 문구점 말이야. 좋은 생각이 났어.

- 먹힐까?

- 한번 해 볼래?

나는 편조의 말대로 해 보기로 했다.

문구점 앞 평상에 앉아 황 영감을 기다렸다.

"워짠 일여? 가게 봐주고 있던 겨?"

빠른 걸음걸이에 쩌렁쩌렁한 목소리, 쉴 새 없이 주변을 탐지하는 눈빛. 어딜 봐도 죽고 싶어 하는 사람 같지 않았다.

"뽑기통요, 최신 거로 갖다 놓고 그래야 애들이 오고 그러죠. 저거 고장 난 지 오래됐잖아요."

문구점 한쪽 구석에 고물처럼 처박혀 있는 빨간 뽑기통을 가리키며 말했다.

"애들이 몇이나 된다고 그걸 새로 바꿔?"

"요즘 신상 뽑기통이 얼마나 많은데요. 아무튼 뭐 그렇다고요."

나는 문구점을 나와 동네 쪽으로 천천히 걸었다.

"아, 가게는 진짜 안 봐줄 겨?"

황 영감이 큰소리로 물었다.

"네, 좀 더 생각해 보고요."

"뭔 생각을 그리 오래 햐 그래."

나는 무심한 척 대꾸 없이 가던 길로 향했다.

우리 학교 아이들에게 카톡을 보냈다. 올해 흰돌초 회장이 된 동네 후배에게도 부탁했다.

- 신상문구점에서 팔았으면 하는 것들 조사 중입니다.
  협조해 주신 분께는 소정의 사은품을 드립니다.

내가 평생 모은 미니 피규어를 사은품으로 내놓으려고 한다.

다꾸 용품
스티커
마스킹 테이프
산리오, 포켓몬스터 캐릭터 문구류
미니 노트
미니 피규어
카드 뽑기
랜덤 캡슐 장난감
피규어 뽑기통
슬라임
해답 초콜릿

순식간에 여러 개의 카톡이 올라왔다. 나는 답글로 또 하나의 카톡을 올렸다.

- 한 가지 더 부탁이 있어요.

등하교 시간에

지금 주문한 것을

문구점 할아버지한테 한 번씩만 말씀해 주세요.

그냥 말만 하면 됩니다.

우리가 가지 않으면 신상문구점이

사라질 수도 있어요.

두 가지 다 완료하는 분께 사은품은 지급됩니다.

다음 날 나는 명단에 맞게 미니 피규어를 챙겨 학교로 향했다.

편조에게서 전화가 왔다.

"어때? 시작했어?"

"아직은 잘 모르겠어."

편조가 내린 황 영감의 진단은 외로움이었다.

"똥하, 네가 흰뫼 뛰어오르는 거랑 내가 맨발로 뛰던 거랑 비슷한 거 같지 않아? 처음엔 화를 못 이겨서 뛴 것 같은데 점점 아무 생각이 안 나더라고."

황 영감과의 거래에서 최후 조건은 나였다.

"똥하, 너보고 문구점을 같이 보자고 한다며. 조건을 걸어. 지키는 게 아니라 파는 거로. 그럼 생각해 보겠다고 해."

"일단 알았어."

"이런 긴장감 오랜만이다. 어떻게 될지 궁금하다. 곧 갈게."

또 하나의 계절로 넘어가는 바람

편조에게서 카톡이 왔다.

- 진짜야? 샘터 할머니 아들 소식?

- 어떻게 알았어?

- 엄마가 할머니랑 통화하는 거 들었어.

- 응, 맞아. 지난번에 말한 전학생 엄마, 아빠.

- 두 분 다?

- 나도 잘 모르겠어.

- 어떡해. ㅜㅜ

- 모경이는……, 아 전학생 이름이 차모경. 아직 서울에서 안 내려온

것 같아.

- 체육복 챙겨 갈게, 평화주의자께서 전달해 줘.

황 영감이 전학생에게 체육복을 팔지 않는다는 말을 하자, 편조는 흔쾌히 제 것을 주겠다고 했다. 그때 편조는 나에게 평화주의자라고 했다. 착하다는 말 말고 다른 표현을 찾아본다고 하더니만……. 평화주의자란다. 비꼬는 건지 칭찬인지 모르겠다. 내가 주변이 평화로워야 자신도 편안함을 느껴서 자신에게도 잘해 준 것이 아니냐는 것이다. 자신이 울 때마다 달려와 달래 준 것도 그런 차원 아니냐고 했다. 말도 안 되는 소리다. 편조는 뭘 그렇게 복잡하게 생각하는지 모르겠다. 그게 편조의 매력이긴 하지만 가끔씩 놀랄 때가 많다. 평화롭지 않은 사람을 보면 불편해서 잘해 주는 걸 좋아하는 거로 착각하는 것 아니냐는 것이다. 그 말을 듣고 그간의 나를 돌아보게 되었다. 그런데 아니었다. 심장의 반응을 보면 답이 나온다. 편조를 생각하면 심장부터 벌렁거리는 떨림이 시작된다. 그래서 안다. 내 심장의 일렁임은 나만 아는 거니까.

- 그런데 입을까?

- 아마 입을 거야.

생각보다 성격이 좋다는 말을 쓰다가 지워 버렸다. 지금 이런 상황에서는 해서는 안 될 말이었다.

모경이네 소식은 뉴스에도 나왔으니 차 씨네 자손이라는 얘기는 이 동네와 연결된 사람이라면 다 알고 있는 듯했다.

- 고마워.

- 똥하, 정말 좀 이상하다. 니가 고마워할 일은 아니지.

  너 아무래도 수상해.

- 어쨌든 내가 부탁한 거잖아. 니 말대로 평화주의자라 그런다 왜?

- 니가 부탁한 게 아니라 내가 준다고 한 거지.

  너 말 똑바로 해라. 물어볼 게 있어.

- 뭐?

- 전학생 예뻐?

- 야, 너는 이 상황에……. 와서 직접 확인해.

- 치사.

  나 다시 백석리로 갈 수도 있어.

- 응?

- 왜? 싫어?

- 아 아니.

- 싫은 거 같은데?

- 아니라니깐.

- 너 좀 당황하는 거 같은데?

- 그 여자가 왔다 갔어.

- 그 여자? 그 여자라니?

- 엄마.

엄마라는 말이 무척 생경했다. 하고 싶은 말이었지만 하지 못했던 말. 그래서 입에 붙지 않은 말.

- 응? 너네 엄마?

진짜?

대박.

- 나 서울로 갈지 몰라.

- 뭐?

서울로 데려가신대?

- 그러고 싶어 하는 거 같아.

눈치로 봐서는 할머니도 결심을 하신 것 같고.

- 어른들은 자기들 마음대로야.

너, 너는 어떤데?

- 너도 없는데 백석리에 굳이 있을 이유가.

- 야, 내가 백석리로 다시 돌아갈 수도 있다니깐.

- 정말이야?

왜?

- 너 내가 쓴 글을 읽고도 왜 라는 말이 나오냐? 어째 좀 서운하다.

- 미처 말 못했는데, 울었어.

- 응? 정말? 내 글 보고 울었다고?

- 응, 내가 너 같고 너가 나 같아서.

- ㅜㅜ

너한테 그 글을 보여 준 것만으로도

숨이 좀 쉬어졌어.

- 요즘은 어때?

- 견딜 만해. 너 만나고 와서 좀 나아진 것 같기도 하고.

- 나도 서울로 가는 게 좀 두렵기도 해.

니가 쓴 글 보며 나도 거쳐야 할 과정일지도

모른다는 생각이 들었거든.

- 그래 맞아, 엄마와 떨어져 있던 시간이 짧지 않잖아.

넌 보지도 않고 살았는데. 나하고는 또 달라.

- 그렇다고 언제까지 백석리에 살 수는 없어.

너도 나도.

- 왜?

- 할머니들이 언제까지 우리 곁에 계시진 않지.

단월 할매 봤잖아.

- 힝, ㅠㅠ

- 나는 요즘 할머니 잔소리가 줄어든 것도 불안해.

할머니는 진작부터 나를 보낼 생각을 하고 있던 것 같아.

- 헹, 눈물 나, ㅜㅜ

- 아무튼 일단 와. 그집식당 팥죽 먹고 싶다며.

- 응, 나의 소울푸드 영접하러 가야지.

택이 아저씨에게 주말 저녁에 편조가 올지도 모른다고 말하자, 그날 저녁 장사는 안 할 테니 오자마자 오라고 하였다.

"뭘 그렇게까지요, 안 그러셔도 돼요."

"아냐 아냐, 그 정도는 괜찮아."

택이 아저씨는 요 근래 더욱 친절해진 것 같다. 뭔가 달라진 것 같은데 이유를 모르겠다.

모경이가 학교에 왔다. 머리에 하얀 리본 핀이 꽂혀 있다. 나는 차마 모경의 얼굴을 마주 볼 수 없다. 눈이 마주칠까 봐 겁이 나기도 했다. 어떤 표정을 지어야 할지, 무슨 말을 해야 할지 모르겠어서 더욱 그랬다. 모경이 앞에서 웃어도 되는지, 말을 걸어도 되는지 생각이 많아졌다.

모경은 웃지도 울지도 않았다. 열흘 사이에 모경의 얼굴은 몰라보게 해쓱해졌다. 수업 시간에도 쉬는 시간에도 모경의 시선은 운동장으로 향한 채 표정이 없다. 얼마 전, 황 영감에게 병원에 가 봐야 되는 거 아니냐며 목젖이 보이도록 웃을 때와는 딴판이다. 그런 호탕한 웃음소리가 다시는 나오지 않을 것 같아서 마음이 아팠다.

모경의 아빠 차가 댐으로 추락했고 아빠 시신은 찾았지만 엄마 시신은 찾지 못했다. 엄마의 시신을 찾아 함께 장례를 치르려고 했지만 수위가 높아져서 하류까지 수색하는 건 꽤 시간이 걸린다고 했다.

어제 저녁, 열흘 만에 모경의 집에 불이 켜진 것을 보고 찾아갔을 때 이목단 여사는 누워 있는 모경 할머니를 부축해 미음을 먹이고 있었다. 할머니가 턱짓으로 모경의 방을 가리키며 가 보라는 눈짓을 했다. 모경은 인기척이 나도 제 방에서 나오지 않았다. 내가 방문을 두드려도 대답이 없었다. 방문을 열었을 때, 손도 대지 않은 밥상이 방 한가운데 덩그마니 있고 책상 앞에 우두커니 앉아 있는 모경의 등이 보였다.

"들어가도 돼?"

내가 가라앉은 목소리로 물었다. 대답이 없다.

내가 할 수 있는 건 말없이 모경의 옆에 앉아 있는 거밖에는 없는 것 같았다. 머릿속에서는 해 주고 싶은 말들이 들끓고 있는데 길을 모르겠어서 우왕좌왕 헤매기만 하고 말이 되어 나오는 것은 없었다. 그렇게 한참 동안 앉아 있기만 했다.

"동하야, 그만 가자."

밖에서 할머니의 목소리가 들렸다. 모경은 책상 앞에서 꼼짝하지 않았다.

할머니가 내 등 너머로 손대지 않은 밥상을 보며 모경에게 말했다.

"너, 밥 안 먹으면 느 할머니 더 속상햐."

동네 골목길의 가로등은 더 어두워진 것 같았고 흰뫼는 검은 장막에 싸여 동네를 덮칠 것처럼 위협적으로 보였다.

모경은 점심도 먹지 않고 엎드려 있다가 어느 순간 사라졌다. 등나무 아래 벤치에 앉아 있는 모경이 보였다. 나는 어제처럼 말없이 모경과 좀 떨어져 앉았다. 모경이가 가라고 하면 갈 것이다. 모경이는 가라는 말도 있으라는 말도 하지 않았다. 등꽃의 연보랏빛이 창백해 보였다. 모경이 고개를 들어 연보랏빛 등꽃을 힘없는 눈으로 바라보았다.

"밥을 안 먹으면 어떻게 해."

내가 모경에게 말했다.

"……."

"너, 금방 쓰러질 것 같아."

"졸려."

모경이 말을 했다. 모경의 목소리가 바람결에 날아든 것처럼 순식간에 사라졌다.

"응? 뭐라고?"

"잠만 잤어."

"……."

나는 여전히 무슨 말을 어떻게 해야 할지 몰라서 아무 말도 하지 못했다. 말이 이렇게 무력할 수가 있나, 하는 생각이 들었다.

"장례식장에서 향내가 진동하는데도 잠이 쏟아졌어."

모경이 왜 잠만 잤는지 어렴풋하게나마 알 것 같았다. 나도 그랬을 것이다.

"지금도 졸려?"

"응."

"조퇴하고 갈래?"

모경은 고개를 가로저었다.

점심시간 끝 종이 울렸다. 내가 일어서자 모경도 따라 일어섰다.

황 영감이 교문 주변에서 비질을 하다가 나와 모경을 바라보았다.

"이따 체육복 가져가."

멀리서 황 영감의 목소리가 들렸다.

'뭐지?'

내가 황 영감을 바라보며 혼잣말하듯 뇌까렸다.

"아, 알아들었어?"

황 영감이 더 크게 소리쳤다.

모경은 황 영감에게 고개를 숙인 뒤 교실로 향했다.

드디어 편조와 나의 작전이 먹힌 건가? 오늘 아침 황 영감은 정신없이 바빴다. 아이들이 죄다 처음 들어보는 것을 찾았다. 황 영감은 메모지에 적다가 신경질을 냈다. 무슨 소린지 하나도 못 알아듣겠다고 했다.

"이따 끝나고 같이 가도 돼?"

내가 모경에게 조심스럽게 물었다.

"아니라고 하면 안 갈 거야?"

모경이 힘없이 웃으며 말했다. 모경의 희미한 미소가 어찌나 반갑던지 하마터면 모경을 덥석 안을 뻔했다.

모경과 함께 문구점 문을 열었다. 유리창 소리가 덜컹대며 요란하게 울렸다.

황 영감이 진열대에서 체육복을 꺼내 모경에게 건넸다. 모경이 가방을 열자 황 영감이 말했다.

"그냥 갖고 가. 신상과 다를 바 없는 이월 상품여."

왜 이렇게 순순하시지? 모경은 투명 비닐로 싸여 있는 체육복을 두 손으로 받았다. 신상이다. 올해 신입생 체육복 색깔은 좀 더 진하게 빠져서 표가 금방 났다.

지난번 가게를 비운 게, 읍내에 체육복을 구하러 간 것인가?

문구점을 막 나서려는데 황 영감 목소리가 뒤따라왔다.

"이거두 가져가."

황 영감 손에는 손바닥만한 초콜릿 두 봉지가 들려 있다. 내가 황 영감을 의아한 눈으로 바라보며 머뭇거렸다.

"아, 팔 떨어져 어여 받어. 뭔 의심이 그리 많어?"

"무슨 기준이에요?"

"먹는 건 얼마든지 주랴."

"대체 누가요?"

"누구긴 누구겠어? 할망구지."

등골이 서늘해졌다. 황 영감의 꿈 얘기를 택이 아저씨한테 들었을 때도 소름이 돋았는데.

"에이, 무섭게 왜 그러세요. 자꾸만."

황 영감은 쌓아 놓은 초콜릿 봉지를 흐뭇하게 돌아보았다. 당분간은 초콜릿 매대가 빌 일은 없을 것이다.

"오늘 처음으로 아이들이 떼로 몰려왔어. 근데 뭐는 있냐, 뭐는 없냐고 묻는데 당최 못 알아듣겄어."

"문구류는 유행에 민감해요. 똑같은 것 같은데도 미세하게 다 달라요."

"그래서 말인데 말여, 그렇게 잘 아는 니가 와서 해야 되는 거 아녀?"

"물건을 지키는 게 아니라 파는 거라면 해 볼게요."

"아, 그럼 뭐 이게 팔고 있는 거지 내가 뭐 삶아 먹고 있는 거냐?"

황 영감은 또 소리를 버럭 질렀다.

"이렇게 버럭버럭 해서는 아이들이 오다가도 도망가요. 그동안 아이들이 왜 안 온 줄 아세요?"

"가, 나가. 장사 안 하면 그만여."

황 영감은 나와 모경의 등을 떠밀듯 밖으로 몰았다. 손힘이 장난이 아니다. 두 번이나 목을 매려고 했다는 게 상상이 되지 않았다.

황 영감은 아직도 멀었다. 도대체 아이들이 와서 좋다는 건지 싫어하는 건지 알 수가 없다.

모경은 여전히 티격태격하고 있는 황 영감과 나를 바라보며 설핏 웃는 것 같기도 했다.

평상에는 빈 그릇 세 개가 나란히 놓여 있는데 그 안에 문구점 간식이 들어 있다. 용이 아줌마 나물 접시에는 밤꿀 쫀드기 한 묶음이, 진이 아줌마 그릇에는 맛나 쥐포가, 그집식당 로고가 찍힌 면그릇에는 마이쮸 젤리가 소복했다.

우리 집 빈 그릇을 돌려줄 때마다 곶감 한 꾸러미씩 담아 주던 게 생각났다.

뒤돌아서 다시 문구점 문을 열었다.

"근데요, 어떻게 아셨어요? 동네 사람들이 뭐 뭐 좋아하는지를요?"

"넌, 궁금한 게 많아서 먹고 싶은 것도 많겠다."

"네, 뭐 그렇다 치고요."

"내가 어트게 알겠어."

황 영감이 장부를 가리키며 말했다.

"여기 다 써 있더구만."

그동안 동네 사람들이 외상으로 가져갈 때마다 써 놓은 매출 장부가 있다. 황 영감은 얼마나 장부를 들여다본 것일까.

모경과 말없이 동네로 향했다. 나는 손바닥에 초콜릿을 소복하게 부은 뒤 모경에게 보여 주듯 내밀었다. 그런 뒤 한 입에 털어 넣었다.

"너도 해 봐."

모경은 고개를 저었다.

청보랏빛 수레국화가 산모롱이 경사면에 뒤덮을 정도로 피어 있다. 청보랏빛이 이렇게 창백하다니. 그동안 수없이 지나다녔는데 처음 보는 빛깔이었다. 그 앞에 모경이 멈춰 서 있다.

"왜?"

"엄마가 좋아하는 꽃."

"아, 그렇구나."

"눈물이 나지 않아."

"응? 아……, 울어도 돼."

내가 할머니를 갉아 먹고 사는 것이 아니라, 나 때문에 할머니도 엄마도 살았다는 얘기를 들었을 때 울음보가 터졌고, 한바탕 울고 난 뒤 가슴을 짓누르던 돌덩이가 치워진 느낌이 들었다. 울어야 할 때 울어야 하는 게 맞는 거다. 제때 울지 않는 것도 제때 말하지 않는 것도 나중에는 문제가 되는 것 같았다.

"진공상태에 있는 것 같아. 아무 소리도 움직임도 감지되지 않아. 그냥 세상이 멈춘 것 같아."

모경의 목소리는 밖으로 나오는 것이 아니라 속으로 삼켜지는듯 점점 작아졌다.

"그날 내가 아빠 차에 함께 타지 않은 걸 감사하게 여겨야 해?"

"그게 무슨 소리야?"

"여기 오던 날, 아빠를 따라갔다면 나도 지금 물속에 있지 않을까? 엄마처럼."

"왜 그런 생각을 해?"

상상만으로도 끔찍했다.

엄마, 아빠를 하루아침에 잃는다는 것을 어떻게 받아들일 수 있을까. 나는 여전히 모경이에게 아무 말도 해 줄 수 없다. 어젯밤 모경의 집에서 내려올 때 할머니가 그랬다.

"하늘이 내려앉고 땅이 꺼진 것 같아도 해와 달도 그대로고 세상은 똑같이 돌아가고, 남은 사람은 먹고 자고 변소 가는 게 사는 거다."

모경의 책상에서 보았던 가족사진이 떠올랐다. 수레국화를 한 움큼 꺾어 모경에게 주었다. 지금은 같이 하늘을 바라봐 주고 바람을 맞으며 매일매일 모습을 달리하는 들판을 함께 바라보는 일뿐인 것 같았다. 학교를 같이 가고, 점심을 같이 먹고.

언젠가는 흰뫼에서 바라본 백석리를 보여 줘야겠다는 생각이 들었다. 말없이 한참 동안 멍 때려도 좋은 곳. 잠깐이나마 내가 개미만큼 작아질 수 있는 상상을 하면 마음속이 덜 복잡했다.

둥구나무 아래 낯익은 모습이 보였다. 내 눈은 더 커졌다. 편조다. 심장이 두근거렸다. 편조는 불어오는 바람을 맞으며 전화기를 보고 있다. 오후 봄볕이 따가워서 정수리가 뜨끈뜨끈했는데 편조를 보자 덩달아 나무 그늘에 있는 것처럼 시원한 바람이 부는 것 같았다.

"내일 오기로 하지 않았어?"

나는 달려가서 숨찬 목소리로 물었다.

"어이, 똥하."

내가 입술에 손가락을 올리며 눈치를 주자 편조는 자라목처럼 움츠리며 모경을 바라보았다.

"어떻게 왔어? 버스 타고 온 거야?"

"오늘 엄마 휴가라서, 같이 왔어."

편조가 모경의 눈치를 살피며 말했다.

"모경이……지?"

모경이가 눈을 동그랗게 뜨고 편조를 바라보았다. 편조는 낯가림도 없이 모경에게 친숙하게 말을 걸었다.

"아, 이쪽은 내 친구 편조. 여기 살다가 얼마 전에 전학 갔어."

내가 모경을 보며 말했다.

"안녕?"

편조가 모경의 손에 들린 수레국화를 보고 나를 본 뒤 다시 인사했다.

"아, 안녕?"

모경이 힘없이 답했다.

편조는 그 새 키가 좀 더 큰 것 같고 얼굴도 어른스러워진 것 같았다.

"뭐냐? 지난번보다 더 큰 것 같은데?"

"응, 매일 아침마다 바닥이 더 멀어진 것 같긴 해."

밥도 잘 안 먹는다더니 어떻게 크는 것일까. 엄마랑 같이 살아서 그런 것일까. 표정은 확실히 지난번보다 부드러워지고 환해졌다. 엄마 아빠랑 같이 사는 게 적응이 안 돼 백석리로 다시 오겠다는 톡을 나눈 게 엊그제 같은데, 뭔가 달라진 것 같았다.

편조가 토끼처럼 뛰어올라 내 곁에 서며 어깨동무를 했다. 모경은 흠칫 놀라며 나를 바라보았다. 편조는 일부러 과장되게 행동하는 것 같았다. 모경이 앞에서 나와의 친밀도가 어느 정도인지 보여 주려는 것 같았다.

"그럼, 나는 먼저."

모경이 뒤돌아섰다.

"그집식당에 갈 건데. 같이 가자."

내가 모경이를 잡듯 말한 뒤 편조를 향해 동의를 구하는 눈빛을 보냈다. 편조는 좀 당황스러워했다.

"아니. 할머니 밥도 못 드셔서 가 봐야 해."

"너네 할머니 팥죽 좋아하셔."

내가 서둘러 말을 붙였다.

"으응, 맞아."

편조가 뒤이어 말했다.

"우리 할머니를 알아?"

모경은 편조를 경계하는 눈빛으로 바라보며 물었다.

"그럼, 나 이 동네에 자그마치 10년이나 살았어. 종종 팥죽 사서 드셨어. 내가 배달도 해 드렸는걸. 그때마다 샘터 할머니는 꼭 용돈도 주셨는데."

편조의 진짜 속마음이 짚어지지 않았지만 편조에게도 서서히 평화주의자의 물이 스며드는 게 아닌가 싶었다.

"……."

"그래. 같이 갔다가 할머니 팥죽 갖다 드리자."

"아냐, 다음에."

모경은 차갑게 뒤돌아서 샘터말로 향했다.

모경이 멀어지자 편조가 물었다.

"야, 이제껏 나의 존재도 알리지 않았단 말이지? 뭐냐?"

"알릴 새도 없었어. 전학 오고 얼마 안 돼 모경이 부모님이 그렇게 된 거야. 열흘 만에 학교 온 거고."

"그래도 그렇지. 뭐? 그집식당도 같이 가자고? 그리고 예쁘네."

편조는 나를 앞질러 쌩하니 걸었다.

"우리 할머니가 당분간 모경이를 혼자 두지 말라고 했단 말이야. 학교도 같이 가고 밥도 같이 먹으라고, 그렇게 하루 이틀 지나다 보면 또 살아질 거라고 했다고."

"치, 체육복이고 뭐고 없어."

"너 여기로 다시 올 수도 있다며. 그리고 체육복은 황 영감이 구해 줬어."

"뭐야, 안 판다며. 황 영감 벌써 달라진 거야?"

"모르겠어. 모경이네 엄마, 아빠 소식을 들어서 그런 것일

수도."

"일단 문구점에 가 보자."

"싫어. 방금 전에 쫓겨나다시피 나왔단 말이야. 달라진 게 없어. 여전히 버럭버럭."

편조는 서둘러 신상문구점으로 향했다. 나는 내키지 않는 걸음걸이로 터벅터벅 뒤따랐다.

신상문구점은 그새 자물쇠로 단단히 잠겨 있다.

"얼마 전에는 안 잠그고 다니더니 또 걸어 잠그셨네."

장사 안 하면 그만이지, 하던 황 영감 말이 떠올랐다. 편조가 자물쇠를 바라보다 유리문에 이마를 대고 안을 살폈다.

"단월 할매가 계실 때보다 물건이 좀 줄긴 했는데 장사를 안 할 것 같지는 않은데. 똥하, 내가 말한 대로 잘하고 있는 거야?"

나는 편조의 눈에 전화기를 들이밀며 아이들에게 보낸 카톡을 보여 주었다.

편조는 택이 아저씨를 보자 와락 끌어안았다. 그러고 보니 편조는 사람만 보면 일단 끌어안고 본다. 단월 할매와도 편조는 안아 주는 거로 인사를 했다. 만났을 때도 헤어질 때도. 나는 가끔 그게 부러웠다. 터미널에서 내 양손을 먼저 잡고 흔든 것도 편조였다.

손님이 없는 평일 저녁, 그집식당은 너무나 고즈넉했다. 기

우는 해가 들판의 신록을 황금빛으로 물들이는 것이 통창으로 보였다. 낭창낭창 바람을 타는 버드나무 가지는 하늘에서 연두색 실을 늘어트린 것처럼 보였다.

내가 물을 가져오고 테이블 세팅을 하려고 하자 택이 아저씨는 손을 내저으며 말했다.

"오늘은 손님으로. 똥하님, 아무것도 하지 마라."

"에이, 왜요? 갑자기 님은 또 뭐예요?"

"그런 게 있습니다. 똥하님은 숙녀분이랑 얘기 나누고 계세요."

아저씨는 부득불 내 어깨를 누르며 의자에 앉혔다.

"이게 더 불편해요."

"제가 불편해서 그래요."

"하하하. 아저씨 왜 그러세요?"

편조가 택이 아저씨를 보며 웃었다.

편조는 팥죽을 나는 팥칼국수를 먹고 싶다고 했다.

편조는 팥죽 그릇에 얼굴을 묻고 의식을 치르듯 냄새부터 음미했다. 한 입 한 입 감탄을 연발하며 그야말로 팥죽을 영접했다.

"음, 그리운 냄새. 그리고 이 쫀득한 새알심."

편조가 눈을 지그시 감고 코끝에 팥죽 그릇을 또 한 번 댔다.

아저씨는 흐뭇한 얼굴로 편조의 얼굴을 바라보았다.

"새 알바생은? 데리고 오지 왜. 그리고 샘터 할머니께 이것 좀 갖다 드려."

아저씨는 팥찰밥과 팥죽을 포장하여 탁자 위에 올려놓았다.

"안 오겠대요."

편조가 쌩한 목소리로 말했다.

"아직은 좀 그럴지도, 너희들 역할이 중요해. 힘들 땐 친구가 최고거든."

아저씨가 말했다.

"네……."

내가 국수를 입에 물고 대답했다.

"나도 주말에 내려와서 그집식당 알바는 계속할까 봐요. 어때요?"

편조가 말했다.

"정말? 얼마든지 대환영이지. 그런데 거리가 꽤 되잖어? 부모님이 허락하실까?"

아저씨가 걱정스러운 얼굴로 말했다.

"주말에 할머니 집에 있다 가는 것도 나쁘지 않을 것 같아요. 제가 좀 부적응기가 길어서요. 똥하 넌 어때?"

"나? 나도 대환영이지."

편조와 나는 샘터말로 향했다. 모경에게 새 알바 자리도 얘기하고 아저씨가 싸 준 팥죽과 팥찰밥도 전하기 위해서이다.

나는 되도록 편조와 오래 걷고 싶어서 천천히 걸었다. 편조도 이 길 저 길 돌아보며 돌멩이 하나 소홀하게 보지 않았다. 강가의 물소리까지 인사를 건네는 듯 눈을 감고 들었다.

"그대로야."

"뭐, 얼마나 됐다고."

"그래도 벌써 두 계절이 지났다."

신상문구점 앞을 지나며 안쪽을 유심히 살폈다. 실내는 어둑하게 어둠이 스미고 있다. 굳건히 잠긴 자물쇠가 유난히 도드라져 보였다.

"엄마는 바로 가셨어?"

엄마랑 같이 왔다는 말이 생각나 편조에게 물었다.

"엄마는 할머니 집에. 할머니도 오랜만에 당신 딸을 독차지한다고 좋아하셔."

"독차지?"

"응, 요즘 우리집엔 독차지가 유행이야."

독차지라는 말을 할 때 편조의 목소리가 밝아졌다. 편조는 어제 가족회의 하게 된 것을 들려주겠다고 했다.

우리 가족은 한 명씩 데리고 여행을 다니기로 했다. 엄마를 독차지 해 보고, 아빠를 독차지 해 보기로. 엄마 아빠도 나와 편무를 따로따로 독차지해 보는 시간을 갖기로 했다. 언젠가는 무인도나 해외에 편무와 나 단둘이 여행 보내는 것도 계획 중이라고 했다. 원수 같은 남매끼리 서로를 독차지해 보는 시간을 갖고 싸울 수 있음 죽을 때까지 싸워 보라고 했다.

그 전날, 편무와 내가 심하게 다투었다. 내가 아껴 먹는 타르트를 먹지 말라고 경고했는데, 편무는 한입에 털어 넣었다. 일부러 약을 올리려고 작정한 것 같았다. 눈에서 불똥이 튀었다.

"지밖에 모르는 새끼."

나도 모르게 욕이 튀어 나왔다. 편무는 예상했다는 듯 돼지처럼 입이 튀어나오도록 우물거리며 제 방으로 향했다. 내가 보던 책을 편무를 향해 던졌다. 뒤통수를 정통으로 맞은 편무는 눈물을 찔끔거리며 입을 벌리고 다물질 못했다. 방바닥에는 편무의 침으로 떡진 타르트가 쏟아졌다.

"으, 더러워."

내가 말했다.

편무가 달려와 내 양팔을 우악스럽게 잡더니 얼굴에 대고 소리쳤다.

"퉤퉤퉤퉤퉤."

내 얼굴은 온통 타르트 가루와 편무의 침으로 범벅이 된 타르트 덩어리가 엉겨 붙었다. 편무가 어찌나 힘이 센지 나는 꼼짝없이 당할 수밖에 없었다.

"이게 어디서."

편무와 나는 뒤엉켜 싸웠다. 앞이 보이지 않았다. 편무가 소리쳤다.

"가 버려! 가 버리라고!"

나는 그 소리에 온몸에서 힘이 쭉 빠졌다.

퇴근하고 들어오던 아빠가 뒤엉켜 싸우는 모습과 편무가 가 버리라고 했던 말까지 다 보고 들은 모양이었다.

나는 화장실로 뛰어가 얼굴을 씻었다. 편무의 가 버리라는 말이 귀에 쟁쟁하게 울렸다.

아빠의 목소리가 들렸다.

"너, 그게 무슨 소리야? 엉?"

"……."

편무가 겁을 먹었는지 아무 소리도 내지 않았다.

"아무리 화가 나도 할 소리가 있고 안 할 소리가 있는 거야. 네가 누나라고 생각해 봐, 심정이 어떨지. 엉?"

아빠의 목소리는 점점 커졌다.

"왜 나만 갖고 그래요? 왜 나만 뭐라고 해? 엄마도 아빠도."

편무가 울음 섞인 목소리로 소리쳤다.

나는 화장실에서 숨도 쉬지 않고 아빠의 말을 들었다. 아빠도 나에게 그런 말을 하고 싶을지도 모르겠다. 네가 편무라고 생각해 봐.

아빠는 엄마가 오기 전에 편무와 내가 벌인 격전의 흔적을 치우며 말했다.

"각자 방에 들어가 할 일 해."

그날 밤, 물을 먹기 위해 주방으로 향했다. 약간 열린 문틈 사이로 엄마의 목소리가 들렸다. 혹시나 오늘 편무와 내가 싸운 얘기를 엄마에게 하는 건 아닌가 해서 내 귀는 온통 안방으로 향했다.

"그 어린 게 그 날을 다 기억한대. 저를 할머니한테 보낸다고 하던 날, 그날의 햇빛, 공기, 온도까지 다 기억한대. 어쩌면 좋아. 지난 십 년 동안 일요일 저녁마다 우리랑 헤어지며 울던 하루하루도 다 상처로 남았을 거야. 난 몰라. 어떡하면 좋아. 이걸 어떻게 해야 돼? 말 좀 해 봐."

엄마는 울먹이며 말했다. 저 어린 걸 어떻게 보내냐며 울던 엄마가 떠올랐다. 지금도 가슴을 부여안고 울고 있을 것이다.

"편조 발에 난 흉터 봤어."

아빠가 가라앉은 목소리로 말했다.

"언제 봤어?"

엄마가 울음 묻은 목소리로 물었다.

"잘 때. 깨어 있을 때는 어디 곁을 줘야 말이지."

"어우, 어린 게 맨발로 포장도 되지 않은 길을……."

"우리도 힘든 시간이었어. 당신과 나는 백석리에서 집에 올 때까지 울었잖아. 그날은 잠도 못 자고. 다음 날 퉁퉁 부은 눈으로 출근하고."

아빠도 울었다고?

하마터면 물컵을 떨어트릴 뻔했다.

"맞아. 당신이 나보다 더 눈물이 많다는 걸 그때 알았으니까. 편조도 우리도 이제 눈물 흘릴 일 없다고 생각했는데……. 그럼 좀 편조에게 말이라도 다정하게 해 봐."

"나도 잘 안 돼. 마음은 그렇지 않은데 말이 되어 나오는 건 왜 그 모양인지. 노력해 볼게. 그만 속 끓여. 이제 겨우 다 모였는데."

나는 발뒤꿈치를 들고 내 방으로 향했다. 잠이 오지 않았다. 지난 십 년 동안 주말마다 엄마가 할머니 집에 꺼내 놓던 소독약과 밴드가 문구점 단월 할매가 발라 주던 것과 같아서 의아했었는데 어쩌면 문구점에도 엄마가 사다 주고 부탁했는지도 모르겠다는 생각이 들었다.

그 순간 눈물이 났다. 울고 있는 내가 고스란히 소환되었기 때문이다. 백석리를 생각하면 아프기도 그립기도 했다. 내 안에는 두 명의 아이가 살고 있는데, 하나는 백석리에 두고 온 어린 나이고 하나는 울지도 웃지도 않은 채 이 집에서 엉거주춤 서 있는 지금의 모습이다.

다음 날, 아빠가 어제 싸운 일에 대해서는 한마디도 하지 않고 제안이 있다고 했다. 당장 이번 주말부터 서로 독차지할 시간을 가져 보자는 것이다. 엄마와 나, 편무와 아빠가 짝이 되어 시간을 보내기로 했다. 엄마가 내 손을 잡고 백석리에 가자고 하자 편무는 좋아 죽겠다는 표정으로 아빠 옆에 찰싹 붙어서 내게 또 혀를 내밀었다.

“오늘부터 일요일 저녁까지 삼 일 동안 엄마랑 둘이서 여행하기로 했는데 제일 먼저 여기로 온 거야. 할머니랑 모녀 삼대가 출동해 보려고.”

“잘됐다.”

“넌 정말 서울로 갈 거야?”

“네가 돌아온다면 다시 생각해 보려고.”

“정말? 돌아오고 싶기도 그렇지 않기도 해. 엄마 아빠도 나만큼 애쓰고 있는 걸 알았으니까. 내 안에 울고 있는 어린 나는 그냥 두고 앞으로 나가야 할 것 같아. 그래야지 어린 나를 돌볼 수 있는 힘이 생기지 않을까? 지금의 나를 돌보지 않으면 어린 맨발의 나를 누가 치료해 줄 수 있겠어. 너도 마찬가지야.”

“어른 같다.”

나는 편조를 올려다보며 말했다. 편조는 키만 큰 게 아니었다.

"어른은 무슨, 어른 같은 거 되기 싫어. 어른도 힘든 것 같아. 우리 할머니도 못 본 새 엄청 늙으신 것 같고."

"나도 그래. 우리 할머니도 말씀은 안 하지만 나를 보낸다고 마음먹은 다음부터 부쩍 기운을 못 차리고. 나를 본체만체해."

"정 떼는 연습을 하고 계신 거야. 우리 할머니도 그랬어."

둥구나무를 지나 샘터말로 오르기 전에 모경에게 전화를 했다. 받지 않았다. 톡도 확인하지 않았다. 심장이 후둑거렸다.

편조가 불안한 얼굴로 말했다.

"빨리 가 보자."

편조와 눈이 마주치자 누가 먼저랄 것도 없이 뛰었다. 오르막길을 쉬지 않고 뛰어서 허벅지가 뻐근했다. 편조는 헉헉대며 헛구역질도 했다.

"여기서 뭐해?"

모경이 대문간으로 나오며 말했다.

"야, 너 왜 전화 안 받아?"

편조가 숨을 고르며 소리쳤다.

"할머니 방에 있었어. 근데 왜?"

"이거."

내가 음식이 든 종이가방을 들어 보였다. 모경은 선뜻 받지 않았다.

"택이 아저씨가 샘터 할머니 드리라고 싸 주신 거야."

편조가 얼른 받으라는 듯 말했다.

"그리고 그집식당 알바는 내일 11시부터야."

"……."

"나도 내일 점심시간만 도와드리고 가야 해. 아저씨가 꼭 데리고 오라고 부탁하셨어."

편조가 말했다.

"나를?"

"응, 네가 전에도 문구점 알바 얘기했었잖아. 문구점에 비하면 그집식당은 꿀알바야. 할 거지?"

대답을 받아야 할 것 같아 내가 물었다.

"어쨌든 고마워, 할머니께 말씀드려 보고."

"야, 팔 아파 죽겠어."

내가 모경에게 가방을 건네며 말했다.

"고마워."

모경은 가라앉은 목소리로 말한 뒤 집 안으로 뛰어 들어갔다.

"내일 또 보자."

편조가 씩씩하게 소리쳤다.

어느새 어둠은 더 짙게 내려왔다. 편조는 엄마 전화를 받고 곧바로 들어간다고 했다.

편조와 헤어진 뒤 집으로 향했다. 너무나 고요했다. 어둠이 집안 곳곳에 스미고 있는데 불빛 한 점 보이지 않았다. 할머니가 아직 안 들어온 건가 싶었다.

소파 한 귀퉁이에 할머니가 몸을 둥그렇게 말고 누워 계셨다. 할머니 몸은 이불을 말아 놓은 것처럼 힘이 없어 보였다.

"왜, 불도 안 켜고?"

할머니가 코를 훌쩍인 뒤 몸을 펴며 일어났다.

"저녁은 먹고 온 겨?"

"응. 할머니는?"

"먹었어."

할머니의 목소리에 기운이 없다.

옷을 갈아입으려다 말고 다시 나왔다. 할머니는 식탁에 앉아 팥을 고르고 있다.

"나, 가지 마?"

팥을 고르던 할머니 손이 멈칫했다.

"쓸데없는 소리!"

"근데 왜 그렇게 기운을 빼고 있어?"

"기운 없는 게 당연하지."

할머니가 대차게 쏘아붙였다.

"아아이, 기운 없다는 말 취소. 우리 할머니가 누군데."

"할머니랑 살아 줬으니, 이제 에미랑 살아 줘."

"왜 그렇게 약한 소리를 해. 내가 살아 준 게 아니라 할머니가 날 봐 준 거지, 날 키워 준 거지."

목이 메었다.

"아녀 아녀, 네 덕에 여태껏 살았다."

"그러니까 내가 가면 안 되는 거잖어. 할머니 혼자 계시다 무슨 일 생기면?"

"사람이 그리 쉽게 갈 거 같으면이야 무슨 걱정을 해. 사람의 명은 정해진 분 초가 있으니 아쉬울 것도 억울할 것도 없는 겨."

"또 또 이상한 소리."

"어여 교복이나 갈아입고 와. 양말 갖고 나오고."

"아 참, 택이 아저씨가 할머니 이름을 묻던데?"

"이름은 왜?"

"몰라."

"그래서?"

"이, 목 자, 단 자라고 또박또박 알려 줬지. 택이 아저씨는 단월 할매 이름도 알고 있더라고."

할머니가 문갑에서 뭔가를 꺼냈다.

"너 대학 갈 때 쓰려고 모아 둔 거여."

"통장씩이나? 할머니가 무슨 돈이 있다고?"

"이거 갖고 가라."

"어딜 가라고?"

할머니와 간다 만다 세세하게 말하지 않았지만, 할머니는 내가 엄마가 있는 서울로 가는 건 정해진 것처럼 말했다.

나는 통장을 열어 보고 입이 저절로 벌어졌다.

"이, 이게 얼마야?"

동그라미가 여러 개 붙어 있다.

"왜 이래? 훔, 훔친 거야? 어디서 났어?"

나는 겁이 나 통장을 방바닥에 내려놓으며 할머니 얼굴을 살폈다.

"저, 저 버르장머리 없이 할머니한테 훔쳤냐는 소리나 하고. 할머니가 그리 허투루 살진 않았다."

"알지 알지. 경우 반듯한 분이라는 거."

통장을 다시 들어 입금 내역에 찍힌 네 글자를 보고 두 눈을 의심했다. 아무리 봐도 '그집식당'이라고 찍혀 있다. 한 번도 출금 한 적이 없으며 매달 그집식당에서 입금한 기록만 있다.

"그집식당이 할머니 거야? 에이, 아니지?"

"그집식당이 깔고 앉아 있는 땅."

"땅이라고? 진짜야?"

"거짓말만 듣고 살았나, 할미 것도 아니다. 네 거다."

"내 거라고?"

"네 거지. 네 아비 가고 받은 보상금이니까. 한 푼도 쓸 수 없었다. 너를 위해 묻어 두자는 생각이 들어서 그 땅을 사 두었다. 너를 나한테 맡기고 떠난 네 엄마가 부득불 나에게 준 돈이기도 하다. 내 아들 목숨줄과 바꾼 피 같은 돈을 십 원도 쓸 수 없었다."

할머니는 나에게 하지 않은 말이 얼마나 더 있는 것일까.

그집식당에는 할머니의 기가 막힌 계약이 숨겨져 있었다.

그러니까, '자네가 해 보게' 하고 처음 말을 건넨 이가 이목단 여사였던 것이다.

"땅은 내가 댈 터이니. 흥하거든 이익금의 얼마를 주게. 어느 정도 먹고 살 만하게 벌었으면 받은 마음만큼 다른 이에게 나눠 주면 되네."

지장까지 찍은 계약서가 있다고 했다. 만약 어길 시 위약금이 상당했다.

계약서상 '받은 마음만큼'이 문제가 되었다. 첫 번째 주인은 가게를 통째로 맡기고 떠나는 것이 받은 만큼의 표현이라고 생각했던 모양이다.

"망하면 어쩔 뻔했어?"

"망해도 흥해도 상관없는 일이다."

도깨비 같은 터가 내 거라니. 믿기지 않았다.

"나는 그 땅을 지키다 너에게 주면 된다. 그게 내 할 일이다."

어쩐지, 이상하게 끌리더라니.

잠이 오지 않았다. 편조에게 톡을 보냈다.

- 내일 아침 흰뫼에 올랐다가 그집식당으로 갈게.

- 으읔, 너도 참……. 아직도 심난해? 난 이제 맨발로 뛰지 않을 거야. 알았어. 낼 봐.

밤새도록 도깨비 무리가 나타나 방망이를 두들기며 돈벼락을 쏟아 놓는 꿈을 꾸었다. 머리털은 온통 위로 뻗치고 시뻘건 얼굴과 팔다리엔 굵은 털이 듬성듬성, 키는 또 얼마나 큰지 어깨가 천장에 닿아서 고개를 들지 못했다. 문틈으로 그들을 지켜보는 내내 나는 두려움에 몸을 떨었다. 그들이 어디선가 사람 냄새난다고 킁킁댈 때마다 조마조마했다. 그렇게 한참 방망이를 두들기던 도깨비들은 그집식당에서 끓여 대는 팥죽 냄새에 코를 막더니 뿔뿔이 흩어져 벌판을 향해 뛰었다. 그들은 들판의 무성한 초록 속으로, 강가에 서 있는 버드나무와 미루나무 속으로 뛰어들었다. 그집식당 앞의 너른 들은 아무 일도 없었다는 듯 너무나 고요하게 아침 햇살을 받고 있었다. 발광

하는 빛살이 신상문구점 초록 지붕 위로 흰돌중학교 운동장으로 성큼성큼 걸음을 옮겼다.

아침 일찍 흰뫼에 올랐다. 간밤에 꾼 도깨비 얼굴이 떠오르고 방바닥에 쌓인 황금 동전이 와르르 쏟아지는 장면을 생각하니 산등성이를 날아오르는 것처럼 몸이 가벼웠다. 하늘로 둥둥 떠오르는 기분이었다. 학교 운동장을 지나 백석리로 쳐들어오던 빛살의 걸음처럼 나도 성큼성큼 흰뫼로 향했다.

흰뫼에서 내려다본 백석리는 또 다르게 보였다. 들판마다 나무마다 도깨비 기운이 스며들어 뭔가 좋은 일이 일어날 것만 같은 생각이 들었다. 초록 지붕 신상문구점과 흰돌중학교는 물안개에 싸여 마치 거칠게 숨을 뱉어 내는 것처럼 보였다.

강줄기를 거슬러 저 산 너머 그 너머에는 무엇이 있을지 궁금했다.

모르는 번호로 전화가 왔다.

“크음 큼, 나여, 신상문구점.”

황 영감이다.

“네? 제 번호는 어떻게 아셨어요?”

“장부에 다 써 있구먼 뭘.”

“아, 네.”

“왜? 안 반가운 겨?”

"아, 아니에요."

솔직히 반가울 건 또 뭐가 있나 싶었다.

"신촌 할매들 정산은 어트기 하는 겨?"

"아, 그거요?"

"와, 와서 얘기 햐."

"네? 네. 문구점 문은 열었어요?"

"그람 열었지. 왜? 닫았을께 비?"

"아뇨. 어제는 잠겨 있어서요."

"하여간 와서 봐 봐. 내가 애들이 얘기한 거 죄다 갖다 놨어. 으허허허허."

"네? 정말요? 뭐가 뭔지도 모른다면서요."

"네가 말한 최신 유행 뽑기통은 가짓수가 왜 이렇게 많은 겨? 어제 그거 알아보느라 죽을 뻔했다."

문구점 앞에 새 뽑기통이 어연번듯하게 서 있는 모습을 그려 보았다. 학교 앞과 문구점 사이에는 이제 아이들이 복작댈 것이고 황 영감은 정신없다고 인상을 쓰면서도 그 번다함을 은근 즐길지도 모르겠다는 생각이 들었다. 무엇보다 전화통이 울리도록 웃어 젖히는 황 영감의 웃음소리는 처음이었다.

"네네, 가요."

내가 이제껏 황 영감에게 대답한 것 중 가장 수굿한 목소리일 것이다.

모경이에게서도 카톡이 왔다.

- 11시까지 갈게. 이따 봐.

흰뫼에서 한달음에 뛰어 내려갔다. 발 닿는 곳마다 디딤돌이 있는 거처럼 박자가 척척 맞았다. 내 두 다리는 엔진이라도 달린 것처럼 거침없이 뛰어 내려갔다.

어디선가 여름이 오는 냄새가 났다. 차갑고 풋풋한 냄새로 가득 찬 산길은 이마와 목덜미에 흐르는 땀을 식혀 주었다.

신록의 나뭇잎 사이로 하늘을 올려다보았다.

이토록 푸른 하늘 아래 나는 또 하나의 계절로 넘어가고 있다.

『신상문구점』 창작 노트

어떤 장소에 가면 이야기로 읽히는 곳이 있다. 그곳에 있는 오래된 나무, 덜컹거리는 문, 사람들이 오가는 것을 훤히 내다볼 수 있는 통 유리창, 폐교 직전의 학교와 허름한 문구점이 마주 보고 있는 곳, 사람들이 찾아올까 싶은 외딴 팥죽집. 나는 홀린 듯 그곳에 발을 들여놓게 되고, 방금 전까지 사람들이 지나다닌 생기를 느낀다. 뭐지? 그럴 때 이야기는 걷잡을 수 없이 펼쳐진다. '신상문구점'은 장소가 주는 이야기성으로 출발하게 되었다.

나의 유년은 아홉 살 전과 후로 나뉜다. 아홉 살 나던 해, 아버지가 돌아가셨고, 고향을 떠나 중소도시 외곽 지역으로 이사를 하게 되었다. 어머니가 혼자서 다섯 자식을 건사하는 모습이 어린 내 눈에도 무척 고단해 보였다. 나의 하루하루는 어머니께 빚을 지고 사는 것 같았다. 내가 자라면 자랄수록 빚은 눈덩이처럼 불어나는 느낌이었다. 한 사람이 한 사람에게 이렇게 빚을 지고 살아도 되나, 하는 생각에 시달렸다. 그것이 내 인생 전체를 짓누르는 돌덩이라는 것을 몇 해 전, 어머니가 돌아가시고서야 알게 되었다.

아이에게 부모의 그늘은 평생을 간다. 사랑을 받았든 받지 못했든.

인생은 사랑을 쟁취하기 위한 고투이다. 버림받을 것 같은 불안에 떨며, 엄마 아빠는 나보다 왜 형을 더 인정하는가, 나를 사랑하긴 하는 걸까. 친구는 왜 나보다 쟤랑 더 친하지? 유의 물음으로 끊임없이 사랑을 확인하는 과정이다.

이 소설을 구상하고 쓰는 내내 소년 하나가 제 무릎에 얼굴을 묻고 울고 있는 모습이 내 안에 머물렀다. 소설을 마칠 때쯤에야 알았다. 그 소년이 다름 아닌 나라는 것을. 사랑받기 위해 혹은 사랑받지 못할까 봐 전전긍긍하는 어린 나였다. 이제는 내 안의 그 소년에게 말하려고 한다. 성장기는 누군가에게 빚을 지는 것이 아니라 그 누군가에게 의지하고 보호받는 것이 당연한 것이라고.

사람은 만나는 공간, 시간, 사람에 의해 만들어진다. 동하, 모경, 편조가 백석리라는 공간에서 삶과 죽음, 이별과 만남을 이어 가는 삶의 순환 고리를 배우며 건강하게 성장하길 바란다.

세상의 모든 동하, 편조, 모경이 사랑을 확인하느라 애쓰며 불안에 떠는 자신 또한, 언젠가는 흠뻑 사랑해 주길 바라는 응원의 마음으로 이 글을 썼다.

이 책이 나오기까지 애써 준 '특별한서재' 식구들께 감사드린다.

그리고 신상문구점, 거기 있어 줘서 고마워요.

2025년 여름,

김선영

『신상문구점』 청소년 사전 리뷰 1

이 작품은 나에게 '계단' 같았다. 한 칸 한 칸 계단을 올라가는 건 힘들지만, 이전의 계단은 아픔을 딛고 나아갈 수 있는 힘을 주기 때문이다. 자신이 의지하던 존재의 부재는 상상도 할 수 없을 만큼 아플 것이다. 그러나 아이들은 서로의 상처를 극복하며 성장하고 어우러졌다. 나는 동하와 편조, 모경이가 되어 아픔을 같이 겪고, 함께 회복하는 기분이 들었다. 아이들은 서로가 있었기에 서로를 의지하며 나아갈 수 있었다.

나는 작품을 읽으며 우리 동네에도 신상문구점이 있으면 좋겠다는 생각을 했다. 신상문구점을 기준으로 마을 사람들은 하나가 되었고, 아이들의 마음은 모아졌다. 이런 곳이 있다면 우리는 좀 더 아프지 않은 사회를 살아갈 수 있지 않을까.

누구에게나 이런 공간은 절실하다. 서로를 돕고 포용할 수 있는 어떤 곳. 모두가 함께 가꾸어 가는 곳. 신상문구점이라는 이런 '쉼터' 말이다. 이 쉼터는 단월 할매 혼자 만든 공간이 아니다. 이제는 황 영감과 마을 사람들, 아이들이 함께 만들어 갈 공간이다. 황 영감이 모든 것을 포기하려고 할 때 동하 할머니가 문을 두드렸듯이, 이제는 황 영감도 누군가를 위해 문을 두드리는 사람이 되어 갈 거라고 생각한다.

신상문구점 앞 평상마루에 앉아 있는 나를 상상한다. 어딘가에서 황 영감이 나타나서 비질을 하고 욕을 하는 중에도 어떤 신상을 주문할지 아이들 틈에서 고민하고 있는 나. 그렇다면 나는 어떤 신상을 황 영감에게 주문하면 좋을까.

신상문구점이 쉼터라면 그집식당은 '받은 만큼' 이어지는 또 다른 공간이다. 나는 그집식당이 단지 팥죽이 맛있어서 사람들의 발길이 끊이지 않고, 돈이 모였다고 생각하지 않는다. 욕심부리지 않고 받은 만큼 이어진 '마음' 덕분이었다고 생각한다. 그 마음 덕분에 그집식당은 앞으로도 사람들의 발길이 끊이지 않고 '받은 마음만큼' 이어지고 계속될 것이다.

"이토록 푸른 하늘 아래 나는 또 하나의 계절로 넘어가고 있다."라는 마지막 문장은 나에게 큰 여운을 줬다. 겨울에서 봄으로 넘어가는 것처럼, 슬픔을 이겨 내고 더욱 단단해진 아이들이 다음 계단을 오르고 있는 느낌이 들었기 때문이다. 나

역시 앞으로 끊임없이 이어질 계단을 두려움 없이 걸어가고 싶다. 걸어가는 길에 동하, 편조, 모경이 같은 친구도 만난다면 더없이 좋을 것 같다.

백마중학교 1학년 박소은

『신상문구점』 청소년 사전 리뷰 2

신상문구점은 주인공 동하에겐 비밀 아지트처럼 조용하고 소중한 공간 같았다. 문구점 주인 단월 할머니도 단순히 가게 사장님이 아닌, 주인공의 비밀 친구 같았다. 내가 다니는 동네 문구점이 필요한 것을 사고 때로 아이쇼핑도 하는 즐거움을 주는 곳이라면, 동하에게는 마음의 안식처이지 않았을까 싶다.

소설의 앞부분에 "죽음이라는 것은 대상이 사라지긴 했지만 '무'가 아니라는 것, '무'가 아닌 것은 분명한데 그것을 극복할 수 있는 길이 없다는 것, 아무리 기다려도 돌아오지 않는다는 것, 남은 사람의 가슴속에 커다란 구멍이 생긴다는 것."이라는 문장에서 단월 할머니에 대한 동하의 마음을 들여다볼 수 있었다. 그러나, 단월 할머니의 죽음이 안타깝지만 모두가 마냥 슬퍼하고만 있지는 않는다. 할머니의 죽음 이후 황 영감은 문구점을 꿋꿋하게 지켜 내려고 한다. 자신만의 방법으로 문구점을 운영하긴 했어도 단월 할머니의 빈자리를 채우려고 애쓰고, 동하와도 함께 문구점을 운영하자고 제안하며 내심 잘 지내려고 하는 모습이 인상적이었다.

'상실'이라는 것이 마냥 슬픈 것은 아닐 수 있겠다는 생각이 들었다. 물론 그 당시는 아프고 힘들지 몰라도, 동하처럼 상실이 남긴 마음의 상처가 또 다른 새롭고 귀한 시간으로 채워지고, 새로운 사람들과의 만남으로 관계를 맺고 전진할 수 있음을 배웠다. 문구점은 더 이상 동하만의 아지트가 아니며 비록 돌아갈 수는 없지만, 모두 좋은 추억이 있는 장소가 하나씩 있듯 동하에게도 가장 따뜻한 공간 중 하나로 남게 될 것 같다. 나도 언젠가 누군가와 작별 인사를 해야 할 날들이 오거나, 또 이겨 내야 할 날들이 올 텐데, "강줄기를 거슬러 저 산 너머 그 너머에는 무엇이 있을지 궁금했다."라는 문장처럼 새로운 것들을 마주할 용기를 가져야겠다는 생각이 들었다.

『신상문구점』은 청소년과 어른 모두의 '성장'을 이야기하는 것 같다. 이 소설은 가끔은 기대어도 된다고, 괜찮다고, 상실로 인한 아픔을 새롭게 채워 갈 수 있다고 말해 주고 있다. 모두 각각의 아픔이 있지만 그걸 나름대로의 방식으로 극복하는 과정들이 여러 개의 등불이 모여 환히 밝히는 것처럼 보이기도 했고, 그 아픔을 혼자 감당하지 않고 해결하는 모습이 마음에 두고두고 남는다. 이를 통해 내 마음속 크고 작게 뚫린 구멍들도 채워 나갈 수 있도록 좋은 만남의 축복이 있기를 바란다.

여의도여자고등학교 1학년 김예나

『신상문구점』 청소년 사전 리뷰 3

우리는 때때로 '영원'의 착각 속에 살아간다. 아무렇지도 않게 눈을 뜨는 오늘이, 매일 지나치는 익숙한 풍경이, 곁에 있는 사람이 언제까지나 변함없이 함께일 거라는 확신을 가지고 살아간다. 그 익숙함이 우리를 평온하게 하지만, 그 익숙함이 사라졌을 때 감당할 수 없는 공허함을 느낀다.

그런 익숙한 확신으로 살아온 동하, 편조 그리고 모경이처럼 아직 내딛지 않은 걸음 앞에서 망설이거나, 이미 내딛은 길 위에서 흔들리는 이들에게 이 이야기는 조용히, 그러나 분명하게 가야 할 길을 비춰 준다.

소설 속 주인공들이 겪는 상실과 혼란, 그 안에서 피워 내는 성장의 모습들은 결코 유별난 이야기가 아니다. 누구나 한 번

쯤 겪을 수 있기에, 마음 한 편을 비우지 못한 채 살아가는 우리의 이야기인 것이다. 그렇기에 저마다의 시련을 견뎌 내는 모습들이 읽는 이의 마음 안에 있던 작은 상처를 위로한다.

뿐만 아니라 소설 속 어른들의 조용한 삶의 지혜는 단지 이야기의 배경에 그치지 않고, 독자의 마음 깊은 곳에 흘러들어와 자리한다. "난 매일 아침 눈 뜰 때마다 오늘 하루만 잘 살면 된다 생각한다. 그러니까 마음이 그렇게 가붓할 수가 없다." 라는 택이 아저씨의 무심한 한마디처럼.

시간이 흐르고, 누군가가 혹은 무언가가 사라지고, 그 사라진 자리에 낯선 공백이 찾아오는 듯 싶다가도 그 위에 다시 새 마음이 돋아나는 것은 우리 모두 언젠가 겪게 될 익숙한 '새로움'일 것이다. 시간은 늘 그렇듯 흘러가고, 사람은 그 안에서 조금씩 다시 살아간다.

이 소설은 그 평범한 흐름 안에 깃든 감정의 결들을 하나씩 짚어 가며, 어느새 마음이 다 자란 듯 살아가는 나를, 다시 한 번 자라게 했다. '언제나' 같을 것만 같던 오늘을 '하루뿐인' 오늘로 만들어 준 이 소설은 우리 마음속에 따뜻한 친구가 되어 줄 것이다.

현대고등학교 2학년 박예솔

신상문구점

ⓒ김선영, 2025

초판 1쇄 발행일 | 2025년 9월 18일
초판 2쇄 발행일 | 2025년 11월 3일

지은이 | 김선영
펴낸이 | 사태희
편 집 | 박선규 · 책임편집 | 정현주
디자인 | 김경미 씨오디(color of dream)
마케팅 | 장민영
제 작 | 이승욱 이대성

펴낸곳 | (주)특별한서재
출판등록 | 제2018-000085호
주 소 | 08505 서울특별시 금천구 가산디지털2로 101 한라원앤원타워 B동 1503호
전 화 | 02-3273-7878
팩 스 | 0505-832-0042
e-mail | specialbooks@naver.com
ISBN | 979-11-6703-175-4 (43810)

잘못된 책은 교환해드립니다.
저자와의 협의하에 인지는 붙이지 않습니다.
저작권법에 의하여 보호를 받는 저작물이므로 무단 전재와 복제를 금합니다.